오래된 밑그림.1
  - 흑백풍경

상자 속에서 그가 나왔다

젊은 아버지에게서 눈을 뗄 수가 없다
가만히 그를 당겨
입술을 포겠다
더운 숨결대신 애잔한 눈시울
그래 그래 내 다 안다
얘야 이리온
나보다 젊은 아버지가
내 흰머리칼을 ~~뽑은 참고~~ 뽑아온다
양 입가 주름꼴을 쓸어주시며
네가 많이 힘드는구나-
사각모를 쓴 아버지
자꾸 등을 쓸어준다

전갈의 땅

시작시인선 0060
전갈의 땅

찍은날 ㅣ 2006년 3월 15일
펴낸날 ㅣ 2006년 3월 20일

지은이 ㅣ 김추인
펴낸이 ㅣ 김태석
펴낸곳 ㅣ (주)천년의시작
등록번호 ㅣ 제300-2006-9호
등록일자 ㅣ 2006년 1월 5일

주소 ㅣ (우110-872)서울 종로구 내수동 72번지
　　　　경희궁의아침 3단지 오피스텔 331호
전화 ㅣ 02-723-8668
팩스 ㅣ 02-723-8630
홈페이지 ㅣ www.poempoem.com
전자우편 ㅣ poemsijak@hanmail.net

ⓒ김추인, 2006. printed in Seoul, Korea
ISBN 89-90235-59-6

값 6,000원

전갈의 땅

김추인 시집

2006

自 序

나는 지금, 어느 전생의 기억을 들고 여기
서 있는 것일까

모래의 세상에 발이 지워진 채 달리는
고집 센 당나귀이며 땀내 나는 당나귀인 나는
아직도 낯선 일상의 하루하루…
그럼에도 불구하고 내 등짐은 백합향 한 짐의
눈이 부신 착각이라니
그리하여 또 이 완벽한 뒤죽박죽을 싣고 갈 나는
밤배이며 구름 잡는 영혼이라 먼 데서 오는
헤헤대는 소리까지도 마저 싣고 싶어 하는
꿈꾸는 당나귀인 것이냐

■ 차 례

Ⅰ 이미지의 고집

사유반가상 ——— 13

늘보의 특강 ——— 14

밭고랑에 쪼그리고 앉아 ——— 15

singing man ——— 17

오브제의 나날들에 설핏 보이는 ——— 19

문 밖을 훔쳐보다 ——— 21

주머니 속의 현악 4중주 ——— 23

프리다 칼로 ——— 25

고독은 커다란 귀 ——— 26

장자의 미로를 다녀오다 ——— 28

요강꽃의 긴 정사 ——— 30

길 ——— 32

나의 기호를 엿보다 ——— 33

퍼포먼스에 오신 부처님 ——— 34

역마살 ——— 36

속수무책입니다 ——— 38

기호 세우기 ——— 39

동거 ——— 41

오래된 미래 쪽으로 ——— 42

그녀의 빈방 ——— 45

II 오브제의 나날들

대기자들 —— 49

마지막 엔터 —— 51

제품명 : 김추인 —— 52

틈새에서 구겨지다 —— 53

수인번호 —— 55

독산동 천칠 번지 —— 58

우리가 주렁주렁 열리며 숨쉬며 —— 60

부메랑을 던지다 —— 62

물방울 속의 염소떼 —— 64

틈새에서 내다보다 —— 67

깊은 우물 —— 68

나는 빈칸을 보면 —— 70

구두 닦는 날 —— 71

델리 카트슨 가의 시 —— 73

주문형 시대 —— 75

III 오래된 밑그림

생가 —— 79

먼 것들이 선명하다 —— 80

묵언수행 중입니다 —— 82

오래된 밑그림 1 —— 84

아침은 어떻게 오는가 —— 85

서해에 와서 —— 86

사는 법 —— 87

첫 차 —— 89

크로 혹은 백생 대평원 —— 90

어느 생명공학도의 보고서 —— 92

자기만의 방 —— 94

멀리서 들리는 히히덕거리는 소리 —— 96

나는 빨래예요 4 —— 102

나는 빨래예요 7 —— 103

IV   누가 지워지고 있다

벗어 놓은 그의 생을 보았다 ——— 107

임종의 집 ——— 108

임종의 집 2 ——— 109

아버지 맛있습니다 ——— 111

염소똥과 눈물은 둥글다 ——— 113

삐에로의 아침 ——— 115

희망사항이 문제다 ——— 116

전갈의 땅 ——— 118

소멸의 아름다움 읽으며 ——— 120

부재(不在) ——— 122

그곳에 커튼콜은 없다 ——— 125

네 개의 실루엣, 그림자놀이 ——— 128

■ 해 설

시간과 죽음의 경계를 뛰어넘는 법 | 이승하 ——— 132

이미지의 고집

사유반가상

그대는 한 생애 나무였으리라
꽃이었다가 바람이었으리라
물이었다가 강이었다가 생육의 바다
그대 깊푸른 바다는 파도이며 근육이며 산맥이며
사랑, 그 무거운 벽이었으리라
시간의 하수인인 몸이여
우리 궁륭 같던 시간도 날마다 낡고 삭으면서
삐걱이는 벽이 아니던가 벽 속의 꿈은 튼튼해서
달아나라 달아나라
한 장 빨래를 꿈꾸지 않았던가
펄럭이는 자유이며 새이며 문이던
거지 같은 내 사랑 부처님아 또 소쩍새 운다 내가 아픈
모양이다

문 안도 문 밖도 없는 사유의 존체여
나는 지금 네 몸에 주렁주렁 달린 상념의 나뭇잎들을 보
고 있다

늘보의 특강

저런, 휘휙 스치는 봄 여름 가을 겨울
내 시간의 회전판은 어지럽고
간단없는 생의 행군은 코뿔소처럼 달리며 꿈꾸었겠다

나무늘보처럼/
세상 모든 느림을 불러 아주 천천히/
늘보처럼 나무에서 졸린 눈 뜨고/늘보처럼 나뭇잎이나
질겅이고/
내가 밥숟갈을 떠 넣으며 그에게 두 번 눈 흘기고도/모기
를 철썩 때려잡는 사이/
화면 속 나무늘보는/아직도 이 쪽으로 고개가 돌아오는
중이다/
무심한 저 얼굴 한 송이 좀 봐/꽃송이 같지/
늘보처럼 돌아보다/길도 잃고 시간표도 잊고/
이제사 순금 꽃대를 뽑아 올리는/
내 금화란도 좀 봐봐/

늘보처럼 엉금엉금 사랑하다
가장 늦게 우리 돌아선다면 생강꽃 같을 이별, 참 곱겠다
나무늘보처럼 그렇게

밭고랑에 쪼그리고 앉아

그는 철학한다
밥에 대하여
밥의 순결이 사발에 담기기까지
밥의 싸움에 대하여
밥의 탈취와 밥의 역사에 대하여

그는 자문한다
밥의 공간 이동
밥의 시간차가 초래하는 변이(變移)
시큼함에서 구림으로 전이되는
존재의 변질은 필연인가 그런가
잘 익은 똥이 되어라
밥이여 죽은 어머니여
어머니는 죽어서도 나를 키우신다 꿈 속까지 쫓아다니시
며 채찍치신다

고랭지 배추밭이다
밥 한 덩이와 똥 한 덩이의 상관지수에
마침표를 찍듯
끄응― 똥 한 덩이 순산한다

아직 거름내 안 나지만
그는 희망을 생각한다

singing man*

날이 흐렸고
남자는 혼자 노래를 하고 있었다
배치해 놓은 조상처럼 혼자 온 여자 둘이
남자를 보고 섰을 뿐
객석의 목의자는 비어 있었다

낮게 내려온 하늘 때문일까
엉거주춤 서서 반쯤 목을 치켜 뺀 채
빈 하늘 쪽 삭정이 둥지에 무슨 메시지를 쌓는 것처럼
오디션 연습 중인 어린 싱어처럼 그 남자,
쑥스러워서 너무 진지해서
산 것들이 제 넋을 행구고 있었다

그는 제 안의 강을 흘러가는 중일까

끊일 듯 이어지는 남자의 강은
반쯤 풀어진 똥덩어리도
반쯤 타다만 성자의 뼛조각도
온 곳 간 곳을 모른 채 흘러 흘러가는
노을녘 갠지스의 물빛 음조다

서천으로 휘어지는 그대의 발라드다

한떼의 아이들이 환하게 길을 꺾고
외곽의 소음들이 들린다 싶을 때
남자의 노래는 끝나 있었다
엉거주춤 팔을 내려뜨리고서 그 남자
큰키나무 빈 둥지 쪽을 내내 보고 섰는 동안
솔새도 사람들도 제 영혼을 챙겨들고 다시
세상 속으로 들고 있었다

*singing man : 과천 현대미술관 잔디 언덕에 세운 조각상으로 영혼을 위무하는 듯한 저
  음의 노래를 쉬임없이 부른다. 1994년, 러시아, 조나단 브로프스키의 조각 작품

오브제의 나날들에 설핏 보이는

청설모와 청동상과 고요가 함께하는
그 미술관의 작은 숲에
종이컵을 들고 가야겠다고

그곳에 가면
단풍나무 어린 꿈이 바나나를 익히고
다섯이나 여섯 살 타 앉고 싶은 빨간 케이블카며
내 엄지와 검지가 댓둑댓둑 올라가던
작은 나무 사닥다리가 있는 풍경 너머
또 엿보고 싶은 것들이 있다고
바람의 간극 새로 끼어드는 저 도시의 소음들
레미콘카 도는 소리며
어이, 철거목 떨어진다아— 같은
오브제 한 판도 디스플레이 되겠지만
그래도

컹—
단풍나무 숲 그늘을 물어뜯던 개소리
철쭉 잔덤불 위 떨어져 있던 고등어 대가리
그 오브제의 시퍼런 날들 재연될지 모르지만

그래도

엄마야 누가 노란 은행잎을 오려 흩어 놓았을까
콩콩 목계단을 또 내려오며
으헤헤 자꾸 돌아보고 싶다고

문 밖을 훔쳐보다

그래 거기도 문이었던 게지
자취 없이 하늘을 자꾸 접는
한삼 자락
청상의 살풀이도 필시 문이야긴 게지

아직 순결할 무희에게
시집 한 권을 등기로 부치고 싶었어
그것 또한 문이야기였거든
세상 모든 시란 게
문을 그려 넣은 창고 아니던가
닫혔거나 열렸거나
무위의 방백 같은 것인 게지만

그녀, 젖은 이삭처럼 춤을 추데
바람에 갇혀 일렁
홑적삼 소매 속에서 풀리는
달빛 같은 저것
어둠 속 아무렇게나 던져 논
베조각 같데

한동안 객석의 의자들이 모두 사라졌어
여자도 억새 욱은 길로 따라갔나 싶었는데
흰모시나비 한살이는 언제 끝났을까
출구도 입구도 없이
만장으로 날리는 눈발만 보였어
문 안으로 나가는 길인가 봐
의자들이 모두 일어나 손뼉을 쳤으니까

봄밤 두어 시간 잘 익어 회항하는 집을 보네
문 밖을 얼핏 본 여자가 씨익 웃었네

주머니 속의 현악 4중주

1

창고가 비었습니다
먼지 풀풀 나게
여자의 창고는 늘 비어 있습니다
토막시간 사 모으기
택시를 타고 아르바이트를 시키고 퀵서비스를 받으니
잔고는 바닥
이렇게 얇은 주머니 탁탁 털어
상추잎새 닮은 시간 한 상자
샀습니다.

2

희뜩이는 시간의 잎새
미농지만 같은 한 상자의 봄날 오후를 펴놓고
주방 탁자에 엎드려
타르코프스키*를 꼭꼭 씹어 먹습니다.

아버지가 만드신 스끼야키처럼 낯설고
상황버섯 쓴나물 향의 쌉쌉쓰럼한 맛이 별난데요

실금 같은 미소를 물고
찬찬히 씹고 있는 이 책은
영화이야깁니다만
스토커(stucker)를 길라잡이로
봉인된 시간을 따라갈만 합니다.
안개 자욱한 그의 구역은
속새풀 함부로 욱은 숲이며 연결통로며 축축한 계단
세상의 끝으로 통하는 통속이며 동굴이며 삶이며
벽 저쪽의 방이겠습니다만
당신이 그만 멈추고 싶을 땐 멈추십시오
멀리 가든 가까이 가든 같은 자리
우리들의 텅 빈 창고 아니겠습니까
그래도 주머니 속에선 차이코프스키가 울려야겠지요
안단테 칸타빌레 칸타빌레

프리다 칼로

탁월한 선택이다
늙지 않고 사는 법
죽지 않고 사는 법
죽고도 되사는 법
그녀는 각목을 늑골 삼아 얽어 붙인 제 상체,
피 흐르는 전신을 십자가에 내 걺으로써
색 쓰는 꽃들의 무른 의식을 따귀 친다
따뜻한 무덤을 나오라고
장미의 장막을 걷으라고
두고두고 세상을 맞받아치고 있다
눈썹이 붙은 여자,
그녀의 심령 프로젝트는
현재진행형이다

고독은 커다란 귀*

그녀의 정원은 반지하에 있다
그녀도 그녀의 꽃들도
낮밤 없는 알전구 아래
창백한 귀신으로 엎드려 살 것이다

그녀의 큰 키가 엎디어
제 환칠에 제 발길질에
태아의 형상으로 웅크려
쌀집 출입조차 끊으면
그녀의 부처님이 마음을 쓰시는지
가끔 젖을 얻어다 먹이시는지
소식 없던 그녀 그런대로 에헤헤 헤
제 머리를 썩뚝썩뚝 집가위로 다듬어 붙이곤
엄성덤성 우리 앞에 나타나곤 했다

그녀의 정원은 반지하에 있다
낮밤 없이 테레핀유 피내를 풍기며
얼룩처럼 이끼처럼 건다
어느 날 벽력같이 피는 것들이 있다
피고 흩어지다 찍히고 밀리다가

팔 하나 온전히 떨어져나가려는 때쯤
줄담배 매욱하던 캔버스가 수상해진다

진액의 가래침 같은 그리움 한 사발 퍼 찌크려지고
무슨 방백 같은 것이 꽃 같은 것이
뭉실뭉실 혹은 구시렁구시렁 피어오르는 게 있다
먼 데서 크는 아들
눈 붉은 밤을 걸어와 제 발자국을 지운 채
엄마 엄마 엄마
자궁문을 자꾸 두드리는 때는
소리의 귀 수천이다

두둥두둥 사방 북소리 오는 걸 들었다
눈치는 챘었지만
만개한 반지하
화안한 그녀의 정원을 보고 말았다
그녀의 자궁 속을 가득 채운
천야 만야 분열하는 귀의
귓속말을 엿듣고 말았다

＊화가 염성순의 초현실주의 작품

장자의 미로를 다녀오다

니스, 자갈해변에서 본 나비 한 마리의
꿈에 들다

나를 곁두고도
이 돌인가 저 돌인가 멈칫멈칫
바닷돌 위만 서성이던 넌
밤마다 출입증도 없이 내 꿈 속 들락이는 넌
정말 돌이다 나비야 나비야

알 수 없던 그 곳 한 살이
둘이다가 하나이다가
온 길도 간 길도 없이
문득 풀숲 위 팔랑
접었다 놓던 나비의 길들
언뜻 전생의 회로일 것만 같은데 기억이 안 난다

어디 없이 울음보 터질 일뿐인 세상의 미로는
출구도 입구도 없고
일곱 겹씩 일곱 회를 더 두른 지상의 사십구 계단
그 끝방에 나와 나의 미노타우로스가 날마다 수직상승을

꿈꾸다 잠드는 세상의 골목이 있다

이곳에서 없어지면 소실점 바깥의 구름밭
저 프로방스의 바닷길을 접었다 놓았던 것도
어제 일도 내일 일도 아닌 한 찰나의 꿈이던 게다
그 시간차 속에 꼭꼭 숨겨진 미로이던 게다

어떻게 세상에서 사라졌더라 생각이 안 난다

요강꽃의 긴 정사

쉿, 석 달 열흘도 모자르다
일곱 해 낮밤을 널 껴안고 살아야
치마난초[*] 한 뿌리

내 꽃젖판 같은 분홍꽃을 피운다니

함부로 손 탈라
너희 탐욕의 안광을 치워라
여왕의 비옥한 정원도
가난한 세상의 어떤 밥상도
사양이다 모른 척하라

살속곳 깊이
그대의 균사가 파고든 아랫뜰에
곰팡이, 푸른 집을 짓지 못하면
나, 간다— 한 마디 없이 사그라들 종(種)의 생애
네 몸의 비의(秘意)를 너는 아니?
지린내도 향기로울 요강꽃이여
세상의 처마 밑이 모두 난간이다

속속곳 캄캄한 안쪽 그대의 균사가
칩거하고 있을 내 거기도
고운 요강단지처럼 부풀었겠다 그쟈?

*일명 요강꽃. 멸종위기의 딴꽃가루받이 식물. 난초과. 곰팡이와 7년 정도 공생해야 꽃을
   피우고 열매를 맺으며 1940년, 광릉에서 처음 연분홍색 요강을 매달고 있는 자태를 발견.
   광릉요강꽃이라 명명됨

길

문을 나서면 문득
지도보다 먼저
길이 내 곁으로 다가서며
너 어디 갈래? 묻는다
못 들은 척 호주머니나 뒤적뒤적 딴청이면
그래 그래 그래
길이 그냥 길을 내준다
슬픈 날은 슬픔 쪽으로
쓸쓸한 날은 길도 안 난 산기슭
아직 읽어내지 못한 내 이승의 끄트머릴
힐끗 보여주기도 하면서
억새바람 뒤로 희끄무레 돌아도 가면서
그래 그래 그래
끄득이며 길을 내준다
수신된 메시지 하나 없이
억수 쏟아지고 사무치는 날
문 밖에 서면
너 어디 갈래? 묻지도 않고
젖은 골목길이 추적추적 따라온다
구부정한 그의 어깨도 흐림이다

나의 기호를 엿보다

기호입니다/내 믿음 내 인식에 대한/감각성의
내 사유의 기호는 자주
어둠침침하고 아프고 쓸쓸합니다
기호는 가끔 나 모르게 빠져나가
제 컴컴한 발성들을 세상 모든 외로운 것들의 상처에
걸어두고 오기도 하며
사람들의 구름 바구니 속, 숨긴 밥 한 그릇
밥 한 그릇의 키 낮춤 같은 쓸쓸함 등속의
그리 아픈 것들 날선 것들을
내 안으로 묻히고 들어와
푹푹 쉰내 나게 발효시키기도 하며
묻어온 신종 바이러스들 발화하여 내 기호들이
얼룩덜룩 낮선 옷을 걸치고 나올 때는
참 어처구니가 없습니다만
때로는 이 엉뚱한 뒤죽박죽이 사랑스럽기조차 합니다
가령 오래 바랜 밑그림을 움켜쥐었다가
그대의 가슴에 대었다 뗀 손바닥을 펴면 난분분 꽃잎
오— 매직처럼 흩어져갈 자.모.음.들
아주 가끔입니다만 내 우울한 것들
풀어 놔 먹이고 싶은 때 있습니다

퍼포먼스에 오신 부처님

빨간 칠부 쫄바지를 입은 부처가
거기 서 계셨다
나무 속에서 붉고 긴 혓바닥을 꺼내어
세상을 핥아주시는 동안
빨간 아이들이 알껍질을 뚫고
밖으로 밖으로 튀어 나왔다
알몸의 부처들 아름답다
호오이 깃털만 같다

옷에 관하여 오래고 긴 강의는 계속되고
한 생의 퍼포먼스는 짧게 끝난다
벗기는 왼손과
입히는 오른손의 미로
사람들은 한동안 미로를 헤맬 것이다

나도 내 견고한 비늘을 벗고 싶다

나도 옷을, 묵은 몸 같은 관념이며 범절
벗을 수 있을까요
저 나무의 부처님 초록 머리카락

알 속의 천둥벌거숭이 빨간 부처님
묵은 잣대로 사방 묻는 내게
말씀 없이
큰 그늘, 굴참나무로 나투신다
부처님 하초에 들쥐 버러지 둥지들
빗물 젖은 새끼 까치의 눈썹
훌훌 손부채질로 말리고 계신 모양이다

역마살

나, 셀레스나 이카루스 같은
어느 작은 행성의 나그네일지 모른다
숨 막히는 별의 일상
그 순환의 고리에서 삐긋, 비켜서고 싶었는지 모른다
멀리서 보기에도
달 하나 품은 초록의 모성(母星)은 꿈에라도 닿고 싶은 원
지(遠地)
생때 같은 꿈이 되었을지 모른다

멀리 보도록 해라
행성의 아버지는 가르치고 나라의 생도는
잘 배웠으리
낯익은 저것들
—저 철통 수비망을 생각해 봐 간단없이 일상을 훑고
있는 생애의 서치라이트는 먼 데서 봐도 숨고 싶지—
길든 모든 것들로부터 벗어나
낯모르는 시간의 정원에 닿고 싶었으리

노상 내빼고 싶은 게 문제다
사방으로 튀고 싶은

얼룩덜룩한 마음 한 꼭지
떠나가는 배의
오랜 병을 참 어찌 하겠던가

꿈의 원지에 눌러 앉아서도
내 지금 저 북북서로 달아날 신성,
미답의 땅을 또 곁눈질하며
탈옥을 꿈꾸듯
그렇게 한 번 담을 넘고 싶었는지 모른다

속수무책입니다

봄에는 모두 날아오르고 싶은 게다

세상 모든 풀잎들, 숲

숯덩이 빛으로 잠겼던 내 생각의 갈기조차

죄다 겨드랑이 벌리고

꽁지를 치키고 산불처럼 후둑후둑

날아오르는 시늉을 한다

젊은 신갈나무가 제 팔뚝마다 푸른 문신을 넣고

취한 짐승이 어찔 황사길을 넘어간다 비명 같은 사월아

두어 번은 더 깜깜 그믐밤을 지새어야

저 불의 추종자들

날마다 뜨는 일상의 여름으로 내려 앉으리

당분간은 출렁이는 날갯죽지가 병이다

그냥 타거라 내 사랑

기호 세우기

탁 —

탁 —

탁 —

그의 팔이 붉은 근육을 내리찍는다

목질의 생때 같은 버팀킴이 팔목에 와 실린다

찍힐수록 몸을 안으로 말아 웅크린다 작아진다 단단해진

다

청도 황소 두 마리 막숨을 뽑고

찍는 자와 버티는 자의 경계에 불꽃 튄다 비명 날카롭다

살아내고 견디는 일이

꼭 무언가를 기대해서만이랴

이윽고 삼십 년생 소나무 한 통

머리카락만큼 웅크리고 가늘어져

수직으로 섰다*

넋의 첫 금까지 간

작업의 정수리 끝, 하오 세 시가 힛 —

외발바닥으로 서서

비물질계를 들여다보고 있다

동거

나는 그를 사랑하지 않는다
사랑하지 않는 그와 사는 나
나는 그를 좋아하지 않는다
좋아하지 않는 그와 함께 하는 나
나는 그를 필요로 하지 않는다
필요도 없는 그와 뒹굴고 사는 나

그를 필요로 하지도 사랑하지도
생각하고 싶지도 생각한 적도 별로 없으며
차라리 혐오하며 징글징글해 하며
그럼에도 불구하고 그와 동거하는 나
내 체온과 체취와 구름 잡는 내 영혼을
좋아하고 사랑하는 그, 그가 복제해낸 그들
그들과 매일 한 침대에서 합숙하는 나

쫓아내고 쓸어내고 털어내도
우굴 우굴거리는 그들, 그들과 살아야 하는 나
나는 진드기들의 먹이 공급원이다
그가 내 토실한 거기를 무는지 따끔 간질
야— 이 진드기들아 죽을래?

내일은 시트를 벗겨 푹푹 삶아 널어야겠다
관계 청산이 될까?
꿈도 꾸지 마라. 누가 낄낄댄 것 같다.

오래된 미래 쪽으로

바람을 가르고 달린다
유채밭 지나 갈대밭 지나
메타세콰이어의 시간에 닿기 전에
코가 떨어져 나간다 욕심이 과했다
마추비추 산정을 넘으며 앞다리가 날아가고
타클라마칸을 건너는 사이
뒷다리가 닳아 무지러졌다
욕심 탓이다

본능적인 것*
하나 남은 정강이뼈로 중섭의 황소처럼 내닫는다
갈기도 초리도 흔적뿐인 채 그는 이제 눈을 감고 달린다
바람때문이아니다눈물때문이아니다더더욱자랑때문이
아니다
그는 그를 달리고 싶을 뿐

열망의 땅은 멀어서
아득히 암말의 갈기가 날린다 싶은 것도 갈대
아득히 구름 같은 환호다 싶은 것도 갈대
나부끼고 싶은 것들

미래 쪽은 늘
모래바람의 영토, 많이 부대껴야 하리라

이제 그는
까페의 커피잔 속에 박제되려 한다
메타세콰이어의 불, 오래된 미래 쪽으로

고꾸라질 듯 그의 정강이뼈가 시원을 내닫는 동안
사람들은 식은 커피잔 속에서 굳어가고
우리는 원목의 야외계단을
천천히, 아주 느리게 미래 쪽으로 걷고 있었다
입술을 포개고 싶다 생각하며

* 「본능적인 것」, 1995, 성동훈 청동작품(馬)

그녀의 빈 방

여자의 방은 정연하다
정연한 고요는 굳은 빵 같아서
바닥에서 천장까지
사방 벽이 된
책들의 침묵 딱딱하다

밤이다 여자가 격전지로부터 돌아와 제일 먼저 하는 일
이 이 긴장과 뻣뻣한 규격을 패대기 치는 일이다. 스타킹을
벗어던지는 일부터 음향의 수위를 높이고 조명등의 각도
를 바꾸는 일 커피물을 올리고 커다란 헝겊 인형들과 펄럭
펄럭 왈츠라도 시늉하면 책들이 커피잔이 마른 꽃들이 뒤
섞이며 헝클어지는 방은 먼지와 소음과 커피향의 지느러
미들 아름답다. 느슨하고 온기가 느껴지는 오그라 붙었던
수명이 한참은 늘어나겠다 싶다 책꽂이에서 내려온 책들
이 책 속에서 나온 활자들이 책장 구석에 마루바닥에 침대
밑에 마구 기어들고 뒹굴고 아무 때나 읽히다가 졸리다가
낄낄대다가

띠리리— 아침 알람과 함께
차렷, 사물들의 원대복귀와 신속한 정렬

딱딱하게 일어서는
빈방의 적막이 네모지다

여자는 침묵을 잠궈 둔 채 재빨리 지상으로 가는
엘리베이트 속으로 합류한다
고속으로 내리는 입방체의
침묵 한 덩이

II

오브제의 나날들

대기자들

몇 기의 열차가 또 들어오나 보다
막차 떠나고도 기다리는 사람들
게으름도 느림도 아닌데
내달리는 나날에도 언제나 저만큼
앞서 달리는 다른 시간들이 있다

기다리는 사람들,
사람들에 눈물꽃처럼 매달린 기다림
전광판에 시선을 꽂고
벼룩신문 상하 좌우를 더트며
프레파라트, 유리판 아래
쥐뿔 솟은 새 균소가 나오기를
일백여덟 번째 이력서가 접수되기를
사람들은 늘 기다리고 있다
시간표에도 없는 차 시간을*

기다리다 물살에 씻겨가는 돌들 닳으며 모를 버리며 굳
으며
몇 개의 관문을 통과하고 선로를 건너
들이닥치는 객차를 황급히 오르는 이 누구냐

날마다 오늘은 낯설고
뭇 시선들 살촉같이 달려오다 무산된다
어린 내가 반 늙은 나를 무심히 건너 보다가
낯을 돌린다
다시 돌아와 아픈 나를 부축하고
출근하고 있다

*노천명의 「대합실」 중

마지막 엔터

내가 거두어들인 것
삭제된 파일처럼 부지런히 주워 담은 것들
어떤 때 스스로를 찬찬히 들여다보면
내 속이 휴지통이다

쓰잘 데 없는 지식의 부스러기들
헌책방 고서처럼 낡고 있는 관념들
곰팡이 피나 보다
부질없이 탐식했던 버릇으로
휴지통이 탱탱할 것이다
울룩불룩할 것이다

생애의 고운 파일들 날마다 휴지통으로
날아가고 있다

뉘 정밀한 손이 나를 수거하여
끝내는 소각장 앞에서
휴지통 속의 모든 파일을 지울까요?
묻지도 않고 엔터를 쳐버릴 것이다

제품명 : 김추인

※일상과 비일상의 이중 구조 형식으로 제조되어 상대에 따라 적절한 수위조절 가능함

유 형 : 호모 사피엔스(F)
함 량 : 정신능력 70% 생활능력 30%
특 장 기 : 내적—직관력, 외적—언어사냥
내 용 물 : H_2O, 단백, 미네랄 기타 합성체
포장재질 : 흑갈색 모, 황백색 피부
용 량 : 46kg
허가번호 : 000221-2066000
유통기간 : 허가번호 말소일까지

주의 : 부작용
1 관료적 인물들에 트러블이 생길 수 있음
〈도전적 인성과 프로정신 결여자는 접근 금지〉
2 역마살의 병역이 도질 수 있음
3 속박은 탈주 가능성 있음
4 절대 신선한 환경에서 보관할 것
—MADE IN KOREA—

틈새에서 구겨지다

내 거쳐 온 문의 갯수를 나는 알지 못한다
삶의 문 앞이란 매양 수선스럽기도 해서
날마다 들었다 나오는
나와서도 또 나와야 하는 문들의 사방 연속
문을 열면 문, 열면 문, 열면 문,⋯⋯⋯⋯문, 문, 문
문에 갇힌 생들의 행진
안규철의 서른 여섯 문짝들*의 목소리는 참으로 무거웠
었다

웅키고 싶은 것이든 버리고 싶은 것이든
우리 여린 삶이 문 하나의 길을 위해
바안히 달려갈 수 있다면
그 생애 참 꽃길이겠다 싶은데
사통팔달이다 싶은 문을 향해서
그래봐야 뻔한 제자리인 것을
틈새에서 구겨지면서 지워지면서

모자를 벗듯 일과를 벗어놓고 서면
숨 돌릴 새 없이 채근하는 자 있다
집이냐? 시장통이냐?

훗, 나만 아는 구멍으로 간닷— 큰소리쳐도
쿵쿵 쫓아오는 시간의 첩자들
그들을 교란시키려던 내 노력만 뒤죽박죽이다
한 번 차본 적 없이 걷어차일 뿐인
문으로 가는 정거장들은
늘 다급하다거나 느린 것이어서
책 속으로 모는 무위의 수업이 그러하고
세상사에 골몰하는 그의 기다림이 그러하다

사철 날 내달리게 하는 우주의 눈금은
아주 잠깐이겠지만
잠결에도 나 내려놓는 일 없이 살뜰히도 안고 가는데
왜 계모처럼 이리 밉살맞고 무서운 것이냐
세상의 틈새에서 누가
구겨지면서 자꾸 지워지고 있다
잊혀져가고 있다

*2004년 봄, 로댕 갤러리, 안규철의 설치전

수인번호

번호들이 대기 중이다 복도 양켠 붙박이 목의자, 앉거나
기대거나 서서 어떤 번호는 졸고 어떤 번호는 인상을 긁고
또 어떤 녀석은 뚜뚜 메시지를 보내기에 넋이 빠져 있다
삐— 사십칠 번 님 들오세요. 사십팔 사십구 오십 번 님 준
비하세요 아직 육십 팔 번은 순번이 아닌 게다

번호들이 걸어다닌다 수납구에서 다투거나 접수구에서
애원을 해대거나 어떤 번호는 계단 밖에서 줄담배를 피거
나 화장실에서 물을 내리거나 손부채질 중이거나…번호만
살아 돌아다닌다 복도 끝, 시포가 덮인 병상을 밀고 가는
초록 제복의 남자, 지난 밤 비디오 풍경이 떠올랐는지 키득
댄다 수술실에서 곧바로 하늘로 호명되어간 저 시포 속의
영혼은 이제 몸도 번호도 벗고 더없이 고요할 것이다 석방
의 평화를 누릴 것이다 수술 전에 작성했던 그의 각서만 남
고 명줄처럼 기다랗게 따라다니던 주민번호는 붉은 두 줄
로 말소될 것이다

저어…오늘이…예약 일이라…네…동위원소 검살 받아
얀다고… 아니, 아뇨 담당의사가 오전만 진료하기 때문
에…아 그럼요 보강자룐 제출했고…네…네 검사 끝나는

대로 달려와 하던 일을 마저 해야지요 그럼요.죄…죄송합
니다 앵무처럼 네 번의 반복 후 붉은 날인을 득하고 달린다
삐리리릭 ─삐익─ 안 보이던 교도관의 다급한 호각소리,
일육오팔 번, 짝홀제 모르세요? 아 네… 계도기간이죠 병원
이 …급… 죄 죄송합니다 네네. 그렇고 말고요

맞은편 번호, 머리통이 툭 떨어지다 냉큼 올라가 붙는다
어린번호가 색색대며 칭얼거린다 교복의 저 녀석 곤욕께
나 치렀겠지 임마 병원간다는 거 사실야? PC방 날르는 거
아니지? 엄마가게에 전화해. 얌마 요새 같은 디지털 시대
에 핸폰 없는 사람 어딨어? 벽에 기대어 자는 듯 눈감은 저
노인 지친 눈꺼풀이 한 짐이다 아버님 연세에 그 정도 성인
병 없는 사람 어딨어요 지난번 용돈 드린 건요? 이눔 새
까─ 울음 딱 안 그쳐. 코 팽 풀어 어이구. ─야야 그 아를
와?… 수많은 번호들이 붉은 눈으로 대기 중이다 전광판에
시선을 꼬나 박고… 번표와 약봉지가 교환되기도 한다 육
십팔 번은 아직일까 번호는 어디서나 줄을 서야 한다 면접
관 앞에서 은행 창구에서 계산대 앞 밥줄 앞에서 명줄 앞에
서… 디지털세상에서 아날로그형 인간들은 늘상 낙오되고
교도관의 핀잔을 피할 수 없다 그 단순한 숫자를 딱딱 맞추

지 못한다는 이유 하나만으로 쓸쓸하고 쓸쓸하다

　수인번호 __ 590208 - 2066812__ , 아직 형기가 남았나
보다 각종 줄 앞의 그녀가 보고된다 어디서나 임시번호를
지참하고 세상의 박자에 맞추어 행군해야 하는 일, 그것이
문제다 또 엇박자네…오늘은 예를 서른두 번 하고 아니오
를 세 번 했던가 아니 꿀꺽— 삼켰던가 예를 잘 해야 모범
수다

독산동 천칠 번지

정수리로부터 내리 그어
좌악 벌리면
아후— 내 비린내
냄새가 핏물처럼 솟구칠 것이다

미끈거리는 동체로부터 살가죽을 분리하고
유연한 동작
그의 칼날이 날렵하게 스텝을 반복한 후
쇠갈고리에 내걸리는
도살된 소

난 산타페야
아름답고 푸른 도나우 강을 들으며 바다를
건너왔지
더 먼저 걸린 살덩이가 속삭이는 동안
내 온 몸에서 번들거리는 냄새를
다시 어깨에 들쳐 멘 남편은
〈델리 카트슨〉 정육점으로 들어간다

어서 어서 먹어. 여긴 잡는 데라 고기가

얼마나 싸고 싱싱한지 모르지?—

벌건 살점 숯불 위서 빠지직 기름방울 튄다
비어져 나오는 핏물 속 아직도 벌떡거릴 심박동,
메스껍다
홀연히 솟는 검은 구름떼
까마귀 소리 닿고 막소주도 닿고
내가 질근질근 씹힌다
맞은편 서천이 불그레하게 피어오른다

우리가 주렁주렁 열리며 숨쉬며

숲이다 길길이 늘어선 아파트촌
먼 데서 보면 고도를 기다리는 장농들 같다
제 살기에 골몰한 구두 신는
일개미들의 구멍이다

어디 갔을까
여기 주전자처럼 앉았던 산
산새 콩새 둥지며 오리나무숲
어린 골목동이들의 실개천들

나는 어느 전생의 기억을 들고
이 콘크리트 숲에 당도한 것이냐

물소리 철철대도 땅 밑 복개천의 기별일 뿐
큰 바위 밑 왕보리새우는
얼마나 오래 제 나라를 버티었다더냐
하수 속에 수장된 왕릉이 저기겠다
부글거리는 죽어간 것들의 독
샛강이 퀴퀴하다

날마다 쇠심을 심고 숲을 세우고
신종 나무 위에서 우리가 번창한다
상계 혹은 월계 전설의 이름 모른 채
아파트 아이들 공을 따라 몰려다닌다
피라미떼 같다

부메랑을 던지다

펔/또 멍들었겠다
엎어지며 멍들고 돌아서며 부딪고
엉거주춤 들창 밑에서 등짝이 긁힌다
화확 불 난다
개뿔도 안 되는 제 성미에 성할 날 없다
상(傷)하면서 생(生)하면서
살의 업이며 경전일

무심히 던진 그대 한 마디에
컥/숨막힌다
그들 눈 가시에 찔리고
네 너스레에 묻어나는/쓸쓸함 한 움큼
모서리로 몰린다 모가 진다
가다가 펑크나 나라 나쁜 자식—
어허허 추워라

멍이다/멍들게 하고 피멍 든다
세상의 멍들이 살아서 돌아다닌다
제 몸을 바위치는 무슬림
바벨탑이 풀석 주저 앉는다

테라코타, 푸른 재를 뒤집어쓴 사람들
재의 화요일은 간단없이 계속된다

아득히 멍든 사람들이
저 구약 이래 반목의 나날들
마음이 바늘구멍 같이 추워진 족속들이
불을 지고 든다
막다른 골목을 질주한다
세상은 무서운 아이와 무서워하는 아이뿐*

모두 저도 모를 가슴 밖으로 튕겨져 나와 있다
멍들면서 기도하면서

다친손가락들이손톱을세우고마주서있다

* 이상의 「오감도」 중

물방울 속의 염소떼

몇 번째 생이었던가 기억도 없이
맞춤시대의 강은 덜컹덜컹 도시로 달리네

함부로 흘러서도 아니 되며
느닷없이 멈춰서도 아니 되며
바람 밀어 펄럭일 일도 삼가야 할
음료용 설거지용 정화수용 같은 상하수로 속
파란 이는 물의 길
집집마다 들여논 강물엔
염소가 수만 마리 노닌다기에
그렇게 청정수역이라기에
우리는 염소를 푹푹 삶아 마시네

어린 강물이 발원해서 가늘다가 굵다가 흐리다가
빗물이다가 핏물이다가 사루비아 아우성이다가 나무이
다가
염소의 오줌줄기 쏴 —
변용의 길 흘러 흘러
억겁 어둠이 환한 지하로 스미면
스스로 고요해지는 해탈이겠네

때가 하얗게 풀리어 나가네
물의 부처님 오늘 바쁘시고
내 때를 밀고 계시느라 팔이 아프시고
뜨거운 늪 속에 잠기며 피어오르며
염소떼 에워싼 내 몸이 흰
연꽃송이처럼 부푸네

틈새에서 내다보다

틈새에서 혼자 논다. 보이지 않는 틈새는 내 편이다 편안
하다. 어제와 내일의 틈새에서 내가 희뜩 들키는 환한, 저
들이 내달리는 오늘은 숨차고 발 시렵다 반쯤 그늘지고 반
쯤 빛이 드는 선반 틈새, 다리 하나 빛살 쪽으로 늘어뜨리
고 미동도 없다 벌레 한 마리. 저쪽 너머 방위병들 기합 소
리, 윽— 숨 넘어가는 구령에 다리 하나 움찔 음지 쪽으로
오므린다. 벌레 한 마리

틈새가 편안하다 안과 밖의 틈새, 일상과 비일상의 틈새
에 숨 죽인 비명 하나씩 짱박아 두고 여자와 거울 속의 여
자와 그와 그의 그림자를 훔쳐보고 있다 흙도 아니고 바위
도 아닌 모래의, 부드러움도 이루지 못하고 견고함도 미치
지 못한 저 여자, 미혹과 천명 사이를 꾸물꾸물 살고 있다.
벌레 같다. 낯이 익다

호박밭과 콩밭 두렁 사이 밭고랑에 앉아 긴 오줌을 누면
온갖 틈새들이 눈에 들어온다 저 쪽 꼿꼿한 대와 갈대 사이
의 차이는 틈새다 아니다 굳음과 부드러움, 꺾임과 휨, 그
래 성(聖)과 속(俗)이다 혼자 결정도 보고 행간과 행간 사이,
선과 악도 보인다 치는 벽돌을 생각한다 맞는 벽돌, 그 사

회적 배경을 문화적 체질적 입지를 궁구한다 생과 사의 틈
새에서 홀로 사라지는 것들 아프다 흘러 흘러서 떠밀리다
쌓이는 모래의 노래들, 듣는다 내 노래… 틈새에서 부르
는…

　빠름 쪽으로 기우는 몸, 느림 쪽으로 서성이는 마음, 느
림과 빠름 사이, 느림 쪽으로 가장 천천히 저 별들 다 눈에
담고 아침 오도록 아침 최초의 꽃잎이 어찌 벙글며 저 나비
나랫짓, 어찌어찌 이륙을 완성해 내는지─ 길 가다 말고 멍
하니 웃고 섰도록 깨지 마라 벌레 한 마리

깊은 우물

오래 덮어 둔 옛 우물을 열었다.
적막이 언뜻 어둠 같다.

상반신을 엎드려 그 속을 들여다보면
거기 나도 일렁 떠 있다.
아— 하고 소리치면 아— 하고 되받는다.
등 뒤 하늘도 하늘 가로지르는 새떼도 읽어주는 걸 보면
아마도 청동빛 거울 하나 품은 것이야—

사막의 이 지상에서
시리게 차고 맑은 우물과 맞닥들일 때 있다.
그런 때는 얼마나 많은 밤을 두레박질로 지샜던가
퍼내도 퍼내도 한 권의 샘은 깊고
물소리는 땅끝 마을까지 간다.
수세기를 훌쩍 타고넘어 다시 오늘까지 밀고 갈
깊고 찬 우물

보르헤스는 우물을 너무 퍼내다 눈이 멀었고
나는 유적지의 우물을 베고 잠이 들곤 한다.

오늘 카잔차키스를 길어 올려 자유 한 사발 달게 퍼마신
다
생수가 서늘하다
막창자 꼬리까지 훑고 내리는

나는 빈 칸을 보면

여기 또 빈 칸이다 빈손만 같다
선뜻 발목 하나를 집어 넣어 본다
깊고 따뜻하다

삶이란 시험지 괄호 같은 것
무모한 생애의 물음들을 채우는 일로
한 생애 밧줄을 붙들 수 있었지 아마
빈 들판 홀로 나부끼며
공허한 하늘, 동공 가득히 채워 보는 일도
내겐 괄호 넣기였지 아마도

빈 칸을 보면 허방 같은 사람 속만 같아
얼른 싸안고 싶고
빈 전화 부스도 도로변의 슬리퍼 한 짝도
긴 이별의 풍경, 쓸쓸해라

이제 잎 지고 눈 덮히겠다
큰 괄호 같을 그 적막을 어쩌지
그대 몽상으로도 다 덮을 수 없을
내 안의 공터는 참 어쩌지

구두 닦는 날

신장을 열면
길고 짧은 과거들이 어둠 속에
웅크리고 있다
그의 과거와 나의 과거들이 오랜 시간에도
화합하지 못한 채 냄새를 풍기고 있다
좀은 닳고 좀은 틀어져서
존재의 체취를 발설하고 있다
한때 사통팔달 안 닿는 데 없이
뛰어주던 쿰쿰한 이것들
사철 몸을 지고 다니던 발의
집이며 따뜻한 울타리이던
신발들이여
이제 시절도 쓰임도 끝났지만
그대들 버리지 못하고
허드레 이삿짐에 따라오게 한 연유
첫 키스의 언덕바지며
달빛 내리던 호숫가 추억 같은
그때들이 있기 때문이겠다
화합도 별리도 못한 채
그와 내가 나란히 눕는 것도

궁색한 시절
가슴이 저렸던 어제 때문이겠다

좋다 오늘은 반짝반짝 윤을 내고
외출을 하자

델리 카트슨 가의 시

아침나절 육십 구 번지는 비
비의 두개골 속에서
시가 걸어 나와
뚝. 뚝. 지는 붉은 빗물 사이로
육식의 송곳니를 내보인다

붉은등 정육점은 성업 중이다
시도 가슴도 다락방에 두고
하체뿐인 다리가
〈델리 카트슨〉, 비린 문 안으로 들어간다
어서 오십시오 셀프써비스입니다—

분쇄기 속으로 던져 넣는
언 살뭉치
상념의 잔가지들 쳐내고
붉은 내 손가락들 툭툭 분질러 밀어 넣고
위~~ㅇ 작동 완료
손님께서는 도합 삼만 원이 되겠습니다 이용해 주셔서
감사합니다 안녕히 가십시오

비의 날
시와 손가락과 붉은 살점 한 근의 삶, 처연하다
북창을 연다
축축한 풍경 한 컷이 벽에 걸린다

주문형 시대

땡볕이다 모래밭 걷기 칠 킬로는
적도가 이글댈 체감의 연속
오, 오아시스다
주변만 와도 서늘한 기분이다
모래를 묻힌 아이들이 땀내를 풀며
개떼같이 몰려와 틈새를 엿본다 만만찮다
이미 마른 입들이 칠팔 월 호박잎 모양새로
늘어져 줄 서 있다
가나안 같은 젖줄
젖꼭지는 둘인데 이 많은 입을 어떡하나
씨팔— 줄 끝 짬에서 쇳소리가 날았고
나는 붉은 꼭지에서 더운 물을 받아
커피를 타 마실 거란 계획을 신속히 수정한다

여보세요 오아시스죠? 보라매공원인데요 공원 옆 아카
데미 이천이 호로 오아시스 한 대 배달해 주세요 카드도 되
죠? 즉시요. 이번 달도 또 적자다 수도국장이나 각하께선
설악생수를 마실까 오아시스를 마실까

III

오래된 밑그림

생가

그때는 한창 좋은 팔 월이어서
무덤들에서도 연한 살내가 날 듯 했지요

꽃이라거나 마음이라거나
풀잎이나 흔들고 올 풀바람 같은
향기로운 것들이 여기와 행장을 수습할 듯한
몇십백 리나 굽이굽이 황무지가 내다보이는
브론테의 옛집인데요

그녀가 거기 서서
계단을 오르는 내게 손을 내밀었는데요
내 팔이 아직 다 자라지 못해
그 고운 손을 잡지 못했지요

얼마나 더 오래 생의 물살 굽이져야
계단 끝 그녀의 방에
오를 수 있을지

먼 것들이 선명하다

그곳을 기억한다
어둠 몇 무서움 몇 기괴함 몇
그런 비밀스런 구석들을 가지고 있던
유년의 창고를
금 간 흙벽 틈새로 빛살 들어와 해살치고
먼지 알갱이들 빛살치며 부유하던 그곳을
할머니 엉덩이에 꼭 맞았을 사기요강이며
끄름 앉고 침침한 할아버지의 등잔
이 빠진 칼이나 군화짝들의
작은 요술 창고이던
우리 집 고방을 기억한다
동구 밖 공동묘지 쪽으로 난 신작로 가에
밤길을 옥죄던 큰 창고 하나
바람이나 귀신새나 울었을 그곳도
종이 눈 펄펄 날리는
경모 오빠의 〈철조망〉이 시연되는 날은
징소리 지잉~지잉~
오색등이 내걸리는 마술상자이던 걸 기억한다

유년의 창고는 모두 꿈꾸는 공터다

툇마루서 혼자 내다보는 밤하늘은
캄캄하게 열려 있는 궁전
무량의 어둠창고였으며
조각별들의 창고였으며
가장 눈부신 어둠의 곳집이던 걸 기억한다

묵언수행 중입니다

기억의 방
저편 세상은 청초록이나 구름밭
전생이었겠습니다만
너울대는 창살에 몸을 붙이고 하염없는 꿈 하나 걸어
청띠나비를 기다린 적 있습니다
전설로만 들었던 띠나비의 춤을

그러나 지금은 캄캄한 지하 생활자
어둠 속에서 무위를 낚고 있습니다
모서리와 모서리에
들보를 앉히고 흙벽을 올리는 대신
지하실 허공 중에 창을 냅니다
또 창문만의 집을 짓습니다

많은 생애, 많은 날들을 제 나라의 습속대로 제 창살만을
타고 다녔습니다 잿빛 창틀이 세상을 끌어들이고 세상을
터득하던 전장이었으며 창이었으며 방패. 그러나 몇 수십
거미의 생애를 관통해온 말씀이 삼천 대천 세계는 티끌

인제 정 중앙에 가부좌를 틀고 앉아

고요히 눈을 감습니다
온통 창을 내고도 기다림을 벗은

오래된 밑그림 1

상자 속에서 그가 나왔다

젊은 아버지에게서 눈을 뗄 수가 없다
가만히 그를 당겨
입술을 포겠다
더운 숨결대신 애잔한 눈시울
그래 그래 내 다 안다
애야 이리 온
나보다 젊은 아버지가
내 흰 머리칼을 뽑아준다
양 입가 주름골을 쓸어주시며
네가 많이 힘드는구나—
사각모를 쓴 아버지
자꾸 등을 쓸어준다

아침은 어떻게 오는가

혼자 가거라
아름다운 애벌레
신의 교시처럼 내리는 벌레의 본능
태초의 발바닥으로 걸어 나가거라

애벌레 한 마리 죽을 힘을 다해
나무 십자가를 갉고 있다
벌레의 내장 속에 숲이 출렁인다
날개가 돋는지
벌써 숲에서는
볕발 좋은 바람이 오고
아버지의 무덤 위에 피는 수많은 날개들
아침이 오시고 있다

알몸으로 가거라
물구나무 선 세상아
무거운 외투의 늙은 아버지를 벗고
어린 내장 속의 숲이 되거라
아침이 오시고 있다

서해에 와서

포세이돈의 옛 경작지를 갈아엎으며
흑고래가 물쟁기질을 하고 있겠다 저 파도 보면
누구였을까 묻지 마라
첫 바다를 경작한 이 지금껏 다르지 않고
이따금씩 그의 분노를 불러
재앙을 뒤집어쓰는 우리 족속들이다
매립이네 확장이네
그의 영역을 넘보는 시끄러운 것들
뭍의 침탈을 그냥 두어두겠느냐
그가 허락한 만큼씩만 부표를 띄우고
땀 흘려 소작할 일이다
신의 퇴비는 늘 넉넉해서 뻘밭은 비옥하고
수고 없이도 뻘밭 바지락 새끼 치는 소리며
물 속 이랑들에 미역귀가 무성할 것이다
석화 줄레줄레 딸려 나오는 주먹꽃을 봐
지느러미 가진 작은 것들 김이삭을 쪼는지
후여—
멸치떼 쫓는 소리 들은 듯 싶지 않으냐
수확기가 멀지 않은 게다

사는 법

놈은 돌아갈 줄을 안다
내 깁스한 발 앞에서 문득
산인가? 둥두레 기둥인가?
큼 큼 큼
멈칫대다 돌아서 가는 놈

빛 쪽으로 혹은 어둠 쪽으로
틈새를 따라
큼 큼 큼 길을 내는
개미가 거미가 땅강아지가
풀씨들이 넝쿨들이 나무들이
제 속력으로 나라를 짓는다

새 길을 고집하다 다리 꺾어 두어 달
문턱도 못 넘는 내 앞에
능소화 어린 넝쿨이
팔 월 염천을 천연덕스레 기어오르고 있다

유독 발걸음이 굼뜨고 더딘 놈들 있다 이 여름 남태령 고
개마을이 댕—댕— 능소화 금빛 종소리로 환해지나 싶었

더니 이른 출발선도 아랑곳없이 이 여름에사 꽃자리까지
당도했나 싶었더니 간밤 열대야 속에서 소주잔 만한 우리
집 달팽이가 해산을 했다 이 백 쌍둥이는 실히 되겠다 쉬엄
쉬엄 서둘지 않는 품새가 나하곤 딴판이라 늘 부러운 놈들,
내가 사랑하는 이유다

첫 차

그 보퉁이 풀지 안 해도
내 알겠다
오징어 멸치 마른 새우, 짠 내 나는 미역귀며
어후— 왕비린내 밴뎅이포
어디다 난전을 벌이려고
나이보다 더 부대꼈을 질긴 허릿살 위에
치마끈 질끈 동였을까
전대 하나 보이지 않는데
어느 단속에 뙬 참으로
신발 바닥에 고무줄은 찔룩 묶어
비린내 한 보따리 끌안고 잠드셨을까

청량리행 버스 뒷자리다
목이 꿉벅 떨어질 때마다
늙은 손이 깨어 가난한 보퉁이를 챙긴다

크로 혹은 백생 대평원*

거기 가서는 고흐를 찾지 마세요
아이비 청덤불 속
깊은 잠에 빠진
형제의 잠을 깨우지 마세요

그의 노란집이나 가세의 정원 앞을 지나왔으면
충분한 것
백생 평원의 한 귀퉁이
마늘밭 둔덕쯤에나 앉아 축축이 젖어오는
무덤새 소리나 들으세요

아직도 옛 행보로
오르락 내리락 떼를 짓고
달 뜨면 달빛살 쪼아보고
보리철 보리 깜부기 빛깔로 쏟아내는
까―아―욱. 까욱
고흐로부터 몇십 백대 손(孫)이 될
이 떼까마귀들이 증거하는
빈센트의 보리밭을 눈이 닿는 만큼 내다보세요

등 뒤 형제의 무덤쯤에서
테오야 여기 좀 봐봐 아직도 보리밭이 꿈틀꿈틀
내 프레임바 바깥으로 기어 나가잖냐
잠꼬대 소리도 덤으로 들릴 거요

*고흐가 즐겨 그렸던 보리밭 터로 지금도 보리가 심겨지는 눈이 닿지 않을 정도의 백생 대
 평원. 형제의 묘지가 있음

어느 생명공학도의 보고서

백악기는 중생대로부터 자의로 나올 수가 없다 호박 속
에 갇힌 모기의 저 완벽함, 호박 속에 갇힌 흡혈모기 위장
속의 브라키오 사우루스, 그 유전자는 절대로 나올 수가 없
어서 억 년의 시공을 안전하게 완전하게 건너 왔을 게다 보
존적 측면에서 그렇다

그대는 오천 년 꽉꽉한 옹이 속에서 오늘 아침도 화들짝
눈을 뜬다 양치와 용변과 화장이 동시 공간 대에서 아날로
그 방식으로 수행되고 옹이 속에 웅크려 밥을 먹고 길다란
옹이 속의 지하철을 타고 풀 붙여 놓았던 직장을 간다 옹이
속 아직 비리고 떫은 아이들에게 큰 자물통을 채우다가 녀
석들을 꺼내다가 그대는 아이들의 내장 속으로 밀려 들어
가기도 하고 미끄덩거리는 내장 속에서 다시 나와 중구난
방 덜컹거리는 아이들을 껴입고 흔들흔들 부은 발등으로
세상을 건너가는 여자, 그대는 시시콜콜 좁아터진 더 깊은
옹이 속으로 지친 하루를 움켜쥐고 귀가도 하지 도구적 인
간이여, 제도적 측면이다

겹겹 옹이의 세상은 토종 양파처럼 맵고 이제 단단한 옹
이인 그대는 스스로에 먹히고 잊혀지고 벽이 되었나 보다

밤이 깊어가고 있다 자막처럼 스쳐 지나가는 생애의 봉지 속에 쭈그렸거나 버티고 섰거나 날마다 전송되어 오는 세상을 엿보는 일이 호모 사피엔스의 현주소, 현실적 측면이다

　먼 먼 어느 후일 옹이 속의 그대는 호박 속의 모기처럼 발견되고 공개되고 검색될 것이다 오그라붙은 수족과 외틀어진 마음과 깊이 모를 붉은 눈동자의 슬픔에 대하여 디지털 방식으로 보고될 것이다 그대의 평생이 몇몇 개의 기호로 복제되어 교외의 전용관에선 날마다 시연되리라 실증적 측면의 예정된 슬픔인가

자기만의 방

배꼽을 가지고 깨어 있는 것들은 다
작은 방 하나가 소원이라고 한다

앉은뱅이 책상 하나만큼의
사유하는 방 한 칸
폭압적 일상으로부터 돌려 앉히고
긴 밤 걸어 돌아오고 있는 여명의 발자국 소리를
홀로 듣고 싶다고 한다

어디 한 군데 빈 곳 없이 바글거리는 활자들, 봉합 후 제
자리를 찾아가는 내장들처럼 활자들이 덜컹대고 있을 폐
지뭉치들의 천국, 벽 가득 검은 그림자를 두르고 스텐드 밑
헝클린 머릴 쳐박은 여자가 있는…더 잘 보면 볼 한 귀퉁이
뭉청 떨어져 나간 작고 마른 생선, 생선뼈같이 비린 여자의
그런 방 하나

갈비뼈에서 무슨 소리든
괴괴히 휘어질 만한 밤
밤마다 푸득푸득 요동쳐 나오는 활자들의 천국에서
제 몸을 뜯어 하프 소리 맑게 터지는

그런 방 하나 가지면 정말 안 되냐고 묻는다고 한다

멀리서 들리는 히히덕거리는 소리[*]

— 환타지아

그녀가 외출을 한다
복고투다
도자기 점퍼를 걸치고 우그러진 가죽의
도자기 서류 가방을 들고
소리의 진원지를 찾아서
기억 속의 방들을 뒤지고 있다
꼼꼼히 뒤져 봐
(부추기는 소리도 미행에 합류한다)

(F.I)
한참 어리고 촌스런 그녀인 내가
낯설게 쳐다보는 촌 장터길 그도 아니면
지퍼 터지고 실밥 드러난
커다란 여행 가방 속
몇 개의 문서와 코 푼 손수건 마른빵이 챙겨졌을 뿐인 백
년 전 늙은 삐에로의
내 여행길 같은 곳
그런 곳도 아니면
더 더 테이프를 돌려봐 FF로
아득히 멀리 더 더

―멀리서 들리는 히히덕거리는 소리―
어디지? 어느 먼 꿈의 구역이지?
우리 무거운 나날에는 없는
천진스런 부재의 십대들이 이십대들이
리비도의 음으로 조합해내는 그
소리의 춤
거기에 주파수를 맞춰 봐

미래의 방인거야
몇 백 천 년이나 시간이 낡아 갔는지
방들이 마을이 첫 설계도면처럼
소롯이 내려앉은
고운 분진의 평지는
〈김○○유적지〉 팻말도 낡은 발굴 현장
몇 개의 지층으로 땅이 열린다

머리칼 성글고 쪼맨하던 여자
부은 발등으로 낯선 나날들을 건너가던 저
어린 젊은 늙은 수십 나의
첫 숙주이던 몸이 클로즈업되고 있는 저

내 뼈마디들이 수습되고 분석되는 저
지층 속의 그 여자가
보고 되는 학술회장인 거야,
붉은 주단의 문 안을 들여다 봐

문이 안 열리면 문을 그려 넣어

문 안은
인류학 교수인 내가/수많은 제자인 나를/학자인 나를/
우리 첫 몸이던 그녀
그 여자의 참담하던 외로움을 열어젖히고
막막했던 젖은 생애에 대하여
그녀, 구름 속의 집/시크릿 가든에 대하여/
표집되고 담론되는 장(章)

펄럭이던 시간, 모래 한 알의 생애에 대하여
정리되고 보고되는 방도
아니다 아니다 싶으면 다시 검색해야지
시대별 정신의 뚜껑을
화악 열어 젖혀야지 그 소리 들어야지

(무의식은 늘 문 밖을 향하고 있다)
화가인 내가/전사인 내가/무당인 내가
트렌스젠더인 내가/선비이던 내가/
미친년이던/자폐이던/수많은 나/
내가 엿들었던 소리의 유토피아
쓸쓸한 잠 속에서도 깨금발치며 오던
―멀리서 들리는 히히덕거리는 소리―
그래 그래
그 사랑스러운 가벼움의
저장소를 수색해야 해

어느 먼 은하를 더 떠돌아야 하는 것일까
수직의 방들을 지나가는
수평의 방들을 건너가는
밝은 어두운 여자의 화면 속
스크린 밖으로 돌맹이같이 툭 툭 떨어지는
독백들 쓸쓸해라

(nar)

블루톤의 맨질맨질 낡은
도자기 가죽점퍼의 단추를 풀고
흙 묻은 도자기 구둣발을
탁탁 털어 신고 여자가 외출을 한다
도자기 노트북과 집음기를 챙겨 들고
여자가 들어가는 문 밖은
여전히 닫히고 닫히는 문
끝없이 열고 나가는 일상의 문짝들
얼핏 얼핏 보인다
모래알 흩어지는 시간 속의 문이란
그냥 그리움인 게다

방금 그녀가 열고 들어간 은사시나무
작은 잎새들 일제히 은빛 소리를 흔들다가 말다가
그뿐 (F.O)

몇 생을 살아도 낯선
그녀의 나날들에 대한 보고회가 끝난 모양이다
세상의 모든 도자기 문짝들이 열리고
닫히고 또 닫히고

나는 빨래예요 4

그날은 사뭇 바람 좋은 날이라서
가장자리부터 서서히
가벼워지는 시간이겠네

일평생 삼켰던 수분이며 자양
얽혔던 인연들 손 놓아 보내고
가벼워져서
나부끼듯 나부끼듯 떠나도 좋겠네

평생을 걸겠다 끙끙대던
갈망의 무게조차
뉘 새파란 가슴에 양도하고
이제 거슬러 받을 것도 줄 것도 없는
나는 검불, 마른 지푸락

저기 바람꽃같이 하늘을 날아갈 빨래 한 장

나는 빨래예요 7

가득 생의 무게를 담고
땀내 살내 절어 한동안 살았겠네
사람을 비운
이제 무게를 텅 비운 저 빨래
빈 굴렁쇠 굴리며
빛을 감고 노는가 보네
바람이 되어 펄럭이는 저
구름장되어 날아도 좋을 저
단순한 빨래 한 장의 눈부심
무거워라 내 속에 가득 찬
냄새의 살 욕망하는 살
치렁한 내 살들의 곤한 행군이여

빨래가 제 이름을 가질 때는 제 속을 환히 비운 때였네

IV

누가 지워지고 있다

벗어 놓은 그의 생을 보았다

삶은 살의 길인 게다
알게 모르게 씹히면서
슬픔처럼 부풀면서 따뜻하면서
변용되어 가던 살의 시간들
한 생애 걸어온 길 위에서
사무치게 돌아보는 살의 기억들 무참하고
남은 술잔에 서천이 붉었으리
다 늦은 저녁 때
구름장만 같은 일상도 도리 없어 붙안고 가는
늙은 살의 길이 붐볐겠다만
어느 날 무단히 다운된 PC 속 화면처럼
정지의 일순간
이쪽 저쪽 생의 단추들 다급히 짚어 보지만
작동을 거부하는 살의 침묵— 차고 단단했다.

눈도 입도 미쳐 못 다문 채 벗어 놓은 너의 생
마지막 살의 표의(表意)
네가 응시하는 그 끝 간 데, 거기는 아름다우냐

임종의 집

그들의 시간표를 일러주는 시계는
이제 아무 데도 없다
가까이 더 가까이
막차가 들어오고 있음을 느낄 뿐
펄럭였던 시간들 사위고
빈 머리 속은 서걱이는 소금밭
갈마른 방들이 서두름 없이
빗장을 지른다
문을 닫는 중이다
정수리 옥탑방에서부터 시작된 경고등은
간단없이 점멸되다 차례로 소등되고 있다
—어쩌다 한 번쯤 아직 남은 안부가 있는지 꺼진 눈두덩
이
찔끔 열렸다가 꺼무룩이 발이 내려지고—

아직 검색되지 않은 마음의 구석방 하나
목차도 없이
추억의 시계를 되감고 있을 뿐 그뿐

임종의 집 2

여기는 주인 없는 빈 수레들의 집하장이다

남도 없고 나도 없다
산 자도 죽은 자도 없다
두 줄 횡대로 늘어선 침상들과 쿰쿰한 군내와
이따끔 그림자처럼 다녀나가는
마리아 수녀의 잿빛 기척
그리고 긴 침묵이 있을 뿐
저녁 찬송 속에 웅얼웅얼 섞이는
썩을 년 썩을 년 썩을…
생애의 문을 닫기까지
박 영감의 마른 입이 무심히 달싹일 뿐

레일도 시간표도 없이 들이닥치는 막차다

열차의 육중한 철문이 열리고
승무원의 호명이 있었나 보다
생닭처럼 아무것도 안 걸치려던 그가
몸 한 장 마저 벗어두고
홀가분히 막차를 따라 나섰는지

하얀 시트로 덮여지는 빈 수레, 그리고 치워지는 몸
그리움이라거나 꿈이라거나 주절주절 싣고 걸었을
생애의 거푸집이여

덜컹— 다 삭은 수레 하나 새로 입하된다

아버지 맛있습니다

그의 시신 푸르다
푸르게 푸르게 슬픔이 익나 보았다
잠시 내 눈물을 불러내곤
그는 곧 어흐어흐 흙으로 떠났고
팔십 생애가 길게 누웠다
질긴 고집통머리며 꿈부스럭지들 후여— 추억 속에서 삭
아가는 동안
부풀어 오르는 살, 살의 잔치
살이 희끄무레 미소를 지었던가
강물이 그 쪽으로 머리를 두르고
젖은 꽃바람도 스민 게 틀림없어

얼마나 춤을 추었는지 휘파람 구성지게 불러댔는지
살이 아이스크림 같다
밤이 달고 둥 두둥. 먼 데 가까운 데가 북소리다
지하의 산 것들 꾸물꾸물 오라
죽은 것들 스멀스멀 오라
한동안 춤을 추고 나누었나 보다
홍겹게 살을 나누었나 보다

완벽한 육탈, 해탈이다

몇 마디 뼈가 남아 만삭의 달을 껴안았던지
밤새 서풍 오고 목백일홍이
희뜩희뜩 꽃잎 터친다
내가 아버지를 뜯어 씹으며 아버지 맛있습니다
큰절 두 자리 올린다

염소똥과 눈물은 둥글다

그는 늙은 염소다 가난한 풀밭을 한 뙈기 경작하고 있었
다 이따금 당신의 학동들 닦달하듯 우리를 꿇어 앉혔으며
훈시는 수염보다 길었고 번번이 윗대 시조 할아버지가 등
장하시는 참이었다 그때마다 우리는 눈을 내리 깔고 뒤로
는 발가락 장난을 치며 메에에~ 낄낄. 에이ー○ 구식 영감
땡감 혓바닥을 내밀곤 했다 아그그 박물관 우리 아버지ー

세모진 얼굴 세모진 눈에서 염소똥 같은 눈물이 뚝 투둑
그의 발등으로 지는 걸 본 적 있다 난생 처음이다 염소가
딸을 치우던 날이든가 염소의 딸이 염소똥만한 딸을 낳았
던 때든가 둘 다였든가 그는 눈물조차 까맣게 절었을 줄 알
았는데

어디선가 건초 냄새가 난다
불쑥 염소가 그립다
염소의 마른 풀밭이 앉은뱅이 거울 속으로 들어가고
거울 안 쪽은 오래 묵은 방,
염소의 똥과 눈물과 그의 어록들이 둥글게 빛나고

잘 구운 염소가 먹음직스럽고 알싸한 건초내는 벌써부터

가을이다 거울 속에서 나온 치마 입은 염소가 고기를 뜯어
아이의 입에 밀어 넣으며 검댕 묻히고 온 딸을 다그치고 있
다 "외할아버지께선 말야— "(에에이 구식 똥차 폐차) 메에
에~에에 누가 낄낄거렸던가 난청인가 딸애는 염소똥만한
엄지 발가락을 꼼지락대고 있을 뿐인데…… 박물관 아버
지 요게 제 새낀데요 절더러 벌써 똥차 폐차래나 봐요 곧
날 구워 먹겠지요?

삐에로의 아침

나비 한 마리 팔랑/또 시간을 접는다
간밤이 화들짝
급하면 빛보다 빨리
델타, 세타, 알파, 뇌파의 수직 순간이동이다
초고속으로 지워지고 있는 나비의 길이다
알람의 소리끈에 묶여 내가 소환돼 오는 세상의 아침,
울혈 드는 대중의 하루가 막 착지를 끝내었나 보다

또 실패다 영 사라지는 길

안녕. 안녕. 찬밥도 안녕. 세상의 문이란 문 다 지키는 간
수들도 안녕. 궂은 날씨도 안녕. 화약내 나는 뉴스 속보도
안녕. 세상의 불화와도 안녕. 내 안의 울보인 그녀에게도
안녕. 입 쫙 찢어 웃으며 대충 그냥 살자………당분간

희망사항이 문제다

날마다 부서진다
부서져 수채 구멍으로 쓰레기장으로
나를 내다 버린다
얇아지는 살갗, 살갗 속의 살덩이며
버팅기던 생기의 나날들

부서지는 것이 보이는 것 만이냐
생애를 다해
쌓고 쌓던 맹목의 지식들
한 번도 지혜의 옷 갈아입지 못한 채 안녕.
도처에서 얼걸었던 묵은 관계 고리들
간단없이 손을 놓고 안녕. 안녕.

얇아지는 표피
가벼워지는 두개골 속의 질량
추억도 구겨져 얇아지고 있다.
날마다 버리고도
주체 못할 이 무거움은 무엇이냐
아직도 펄럭대며 기다릴 희망 같은 것이 남았느냐

외눈박이 허허공공이여
네 부릅뜬 눈을 잠시 치워다오
못 본 척 해다오
일상의 책무며
사소의 아름다운 착각까지
부서지고 벗어 한 점 빈 영혼
무위의 바다로 내다버리기까지

전갈의 땅

그의 집이 사막이네
그의 나라가 사막이며 그의 아침이 사막이며 밤이 사막
이며
모래의 숲에서 단조의 리듬을 듣네
감미로운 동침의 밤이 끝나기 전에 해치워야 한다네
그대의 튼튼한 아침을 낳기 위해
나를 먹을래? 어쩔래?
우리는 모두 서로의 무덤을 파주네 악의 후손들

모래알들이 그를 휩싸고 도네 사막의 자음으로 사스락이
는 저 간단없는 속삭임은 얼마나 지속적인가 알사탕을 조
심해야지 꽁지뼈 한껏 쳐들고 모래의 세상을 뒤집어 쓴 그
가 질주하네

슬픈 돈키호테여 그대 치켜든 가윗날이 쓸쓸타
양수의 집을 포기하고 들끓는 사막을 행군하겠다면
지독히 외로워야겠지
외로운 만큼 탱탱하게 독해져야겠지
어둠이 무거울수록 바람찬 별은 치열하게 빛나네

까마득히 생의 지평을 쏘아

늙은 그가 질주하며 젊은 그가 질주하며 어린 그가 질주

하며 태어나지 않은 그가 질주하며

좇으며 쫓기며 출몰하는 그들

이 신열의 나라에서

날마다 시민들의 간밤이 기우뚱거리며

조간이 시끄러우며

소멸의 아름다움 읽으며[*]

소멸을 읽으며 지식을 쌓는다
저 뜨거운 천재의 냉철을/지상에서 사라진 이들의 생철
학을/
들뢰즈의 명징한 논리를
시간의 창고, 일상의 사소한 오징어 볶음에 이르기까지
멸치떼 그림자 같을
물그림자인 이것들

소멸을 읽으며 밥을 퍼 넣는다
명부의 호명 없이도 죽음은 확고하고
묘비명도 아찔하게 써두고
서랍 칸칸마다 시간의 뽀시레기들 소문의 까시레기들
낱알 하나 놓치지 않는 면밀함으로
적(積). 적(積). 적(積).
내 쌀을 축내는 바구미를 뭉게 털며
닭의 아기. 혹염소 애기집 찜쪄 먹고
물고기의 물고기 뼈다귀까지
오독오독 회쳐 먹는다

소멸을 읽으며 유적지를 찾고

누구얏, 혐의를 쌓고 욕설을 쌓으며
갈비뼈 갈피갈피 꿈싸래길 심는다
내가 쌓은 구름떼, 욕망의 무리며 똥무더기
층층이 쟁이며 달력에 빗금 치는 날들에도
모든 하루는 낯설다 허기진다
그리하여 또 거룩한 배움 하나 더 없는다

사랑하고 사랑하라 그리곤 구름들 너머로 가야 한다[*]

*필립 시먼스의 수상집
*금강경의 한 구절

부재(不在)

1
이제 의자는 없다
벗어두고 온
모자였을까
이제 그도 없다 없는 모양이다
아무도 찾지 않는다

2
의자를 기억한다
그의 소담하던 밥그릇
바람이며 구름 뒤척임까지
꿈꾸던 것들이 담기던
그릇이며 세상의 집이던 그것

의자에서 간혹 새벽 풋내
환각처럼 끼쳐오는 때 있었다
숲의 파도소리 듣는 때 있었다
키로도 닿지 않던 높이를 기억한다
긴 의자들의 행진을 기억한다
무슨 구호 같던

날갯짓만 같던 불길

고단해라
의자를 경배하던 때여
저 익명의 의자들이 잠깐씩 앉혔다 털어내는
균열의 얼굴들 누구냐

의자의 세월은 늘
농탕치고 지나간 흔적들이 있다
제 생애만큼 지치고 낡아 있다
삶의 칼자국들 쓸쓸한

3
의자의 무덤입니다

사람은 가고
사람의 얼굴을 한 의자만 남아 있습니다
누더기 외투꼴로 함부로 부려져 있는
먼지의 시간들
빈 의자들*

널 바람에 신음처럼 삐걱이다
고요히 삭아가는 숲입니다

그곳에 커튼콜은 없다

탕—
그곳에 총성이 있었다
대본의 마지막장이 넘겨지는 순간
제 3막, 비극은 절정에서 끝나고
쏟아지는 갈채
대단원의 막이 무겁게 내려오는 중인지
획 휘이—ㄱ. 앵코올 —
참으로 치열한 무대였습니다
당신의 장엄한 죽음을 축복드립니다
환호하는 사람들을 뒤로한 채
의연히 무대를 돌아 나온다

그래 아무도 못 말릴 생이었어 생의 전장에서 날마다
피 쏟던 오브제의 나날들
타이틀이 뭐였더라 상대역은 하나였던가 둘이었던가
이승의 경계 어디쯤에 한 발을 걸쳐둔 채
하나를 위한 네 사람의 광대
우울한 그들의 밑그림을 떠올리다 그만둔다

바깥은 아직 소란스럽다

그래 이런 때 너무 서둘면 안 돼 느긋이
낮은 헛기침을 한 번 하고
턱시도의 나비끈을 바로 잡고
마지못한 듯, 기쁜 듯 무대 앞으로 다시 나가는 거야
기립한 관중들을 향해 90도로 꺾어
정중히 답례를 해야지
앙코르 무대는 크리스마스이브처럼 화사하게
환희의 아리아를 얹어서
후훗……

관중석에서 외마디처럼 엎어지는
저 소리들
갈채인가? 통곡인가?
희비극이어서 비극스럽기 짝이 없는
내 생의 전 3막이 다했는데
그냥 F·O되는 것은 너무 쓸쓸하지 않는가

펄럭, 홀로그램처럼 돌아선다 커튼을 민다
대리석처럼 딱딱한 장막
꿈쩍을 않는다/벽,/벽 속의 광대들/그래 이제 생각이 나

네

   먼 지상에선 듯 엄마— 엄마—
   누가 지워지고 있다
   지워지면서 언뜻언뜻 불거지면서
   아득히 우물로 내려가고 있다
   한 삶이 물빛으로 사위고 있는
   (F·O)

네 개의 실루엣, 그림자놀이

— 환타지아

(F·I) 현관 밖
내내 끌고 오던 길을 세워두고
그가 들어선다 눈을 인 사람
그는 다 늦은 저녁 눈발 속에 당도했다
눈 터는 소리 음표 같은 것이 후두둑 지고 (effect)
격자문 안 그림자의 실루엣 하나

중심은 텅 빈 무대다
어렴풋한 무대 안쪽
엉거주춤 서 있는 광대의 키 작은 그림자
이 생에까지 따라온 돌쇠일까
돌쇠의 손에 소중히 들려 있는
보리밥 한 사발 순결하다
언뜻 보면 유골만 같다
밥 한 사발의 길
한 생애 막장까지 끌고 갈 뼈의 집.

그랬다 길 하나씩 지고 가는 게 삶이다
열 번의 가을이 더 붉었다 지도록
오래 길 한 자락 들고 걸어오던 사람

길 위에서 푸르스름해져버린 광대
그는 허리춤에 악기 같은 것을 차고 걸었던가 보다

문득 부는 시늉을 하는 눈을 인 사람
바람소리 비슷한 음역이 뚝 그치면
먹빛 적막
아마도 일곱 구멍을 깔고 앉은 그의 화두는
갈청을 흔들어내는 청음인 게다
고요의 또 다른 율
눈 터는 소리 몇 소절 음표 같은 것이 또 지고
현관 안 흐린 조명 아래
바람결일 듯 댓닢 향일 듯 청음을 불러내는지
어른대는 저쪽의 실루엣
벽난로 화염으로부터 밀감빛으로 번지는 무대다
광대의 실루엣 또렷해진다 눈을 인 사람
행동이 굼뜨고 군자연한 것이
본시는 나무였을 게다

활. 활. 익은 벽돌이 장작이
탁. 탁. 소리를 친다 (effect)

잎 넓은 그의 그림자가 선 채로 면적을 넓혀간다
바닥을 덮고 벽을 지나는 나무 한 그루
유골을 안은 그림자가 흠칫 그림자 속에 묻히고
이제 화염의 벽돌 투명하다
탁. 탁. 튄다 (effect)
적절한 사물의 연기는 때로 광대들보다 더
눈부실 때가 있다 (F·O)

(F·I) 무대 가득
음표들 나붓나붓 진다

창밖에 오래 서 있는 어린 떡갈나무도 그림자.
깜박깜박 전언 같은 것이나 닿을 뿐인
닭의장꽃 같은 것이나 심심히 터질 뿐인
시간의 정원이다
8분 음표로 셋잇단 음표로 함박눈 진다

누가 눈 속에서 문을 찾아냈을까

늦은 음을 고르는 지음의 고요가 푸르다

격자무늬 안쪽 소금(小笒)*을 비껴든 두 그림자

나무 한 채 다 열어
소금, 일곱 구멍이 청음으로 운다
모든 소리들이 옷을 벗고 눕는다 (F·O막)

*지금은 없는 일곱 구멍의 목관악기

시간과 죽음의 경계를 뛰어넘는 법

이승하(시인 · 중앙대 교수)

김추인 시인의 제6시집을 읽게 된 미지의 독자에게

안녕하십니까? 시를 통해 만나게 되어 반갑습니다.

하고많은 글 가운데 시집 해설은 정말 쓰기가 어렵고 쓰는 내내 곤혹스럽습니다. 대개의 경우 시집 권말에 붙는 해설은 과찬이 아니면 곡해입니다. 칭찬 일변도의 글이나 영 엉뚱한 진단의 글은 독자를 위해서도 없느니만 못합니다. 시인들도 자기 시집의 해설에 만족하는 경우가 별로 없습니다.

왜 도입부에서 이런 엉뚱한 이야기를 늘어놓고 있냐고요? 그 이유를 말씀드리고 바로 해설 쓰기에 들어가겠습니다. 해설자도 한 명의 독자에 지나지 않습니다. 자신이 이해한 만큼 쓸 따름이지요. 60편이 넘는 시 가운데 비평적 잣대로 잴 수 있는 시의 편수는 많지 않습니다. 저는 제가 본 대로, 느낀 대로만 쓰겠습니다. 곡해할 수는 있겠지만 칭찬 일변도로 쓰지는 않겠습니다. 해설이 선전 문구가 아닐 터이니 느낀 그대로 쓰면 되지 않겠습니까.

'인생은 짧지만 예술은 길다' 란 경구를 이 시집을 읽으며 몇 번이나 떠올렸는지 모릅니다. 시인은 박물관이며 공연장, 미술 전람회 같은 데를 자주 가나 봅니다. 박물관과 미술 전람회에서 볼 수 있는 예술작품이 시심을 자극케 해 시가 되는 경우, 시인의 혼은 다른 예술가의 혼을 만나 교감하고, 자극 받고, 새로운 창조 행위로 나아갑니다. 국내 여행과 해외 여행의 흔적도 간간이 보입니다. 이 경우는 낯선 자연 경관과 수많은 사연을 간직한 유적지, 미지의 사람들과 풍물이 시심을 자극했던 것이겠지요. 제일 앞에 놓인 시는 「사유반가상」입니다.

그대는 한 생애 나무였으리라

꽃이었다가 바람이었으리라

물이었다가 강이었다가 생육의 바다

그대 깊푸른 바다는 파도이며 근육이며 산맥이며

사랑, 그 무거운 벽이었으리라

시간의 하수인인 몸이여

우리 궁륭 같던 시간도 날마다 낡고 삭으면서

삐걱이는 벽이 아니던가 벽 속의 꿈은 튼튼해서

달아나라 달아나라

한 장 빨래를 꿈꾸지 않았던가

펄럭이는 자유이며 새이며 문이던

거지 같은 내 사랑 부처님아 또 소쩍새 운다 내가 아픈 모양
이다

고려청자와 이조백자의 아름다움을 예찬하는 시가 많습
니다만 이 작품은 그런 유물 예찬시가 아닙니다. 우리 조상
이 만든 예술품 중 가장 높은 성취도를 보인, 목각으로 된
백제관음상이나 금동미륵보살반가사유상을 보고, 거기에
깃들어 있는 조상의 예술혼을 기리는 시가 아닌 게지요. 사
유반가상은 천 몇백 년 시간을 지나 지금 시인의 눈앞에 놓
여 있습니다. 앞으로도 몇백 몇천 년을 더 이 지상에 존재
해 있을 것입니다. 하지만 시인의 몸은 어떻습니까. 장수해
본들 1백 년 정도일 테고 내일 모레 황천으로 갈지 알 수 없
습니다. 이 시는 시간에 대한 사유의 산물입니다. 시인은
반가사유상을 '그대' 라고 부르기도 했다가 "거지 같은 내
사랑 부처님아" 하고 부르며 맞먹기도 합니다. 그런데 반
가사유상을 대상으로 하여 무슨 대화를 청한다고 생각하
면 오산입니다. 오히려 독백을 하고 있지요. 시간도 날마다
낡고 삭으면서 삐걱이는 벽이 되는데 시간의 하수인에 지
나지 않는 우리 인간의 몸이야 오죽하겠습니까. 화무십일
홍(花無十日紅)이거나 낙화유수(落花流水)지요. 그도 아니면
일진광풍(一陣狂風)이거나. 하지만 벽 속의 꿈은 튼튼해서
한 장 빨래처럼 자유와 새와 문(門)을 꿈꿀 수 있습니다. 자
유와 새와 문을 한 두름으로 엮은 것이 재미있군요. 그 옛
날 장인(匠人)도 꿈꾼 것이 있었기에 영원의 미소가 담긴 그

사유반가상을 만들 수 있었을 것입니다. 그런 연후에 시인은 나에 대한 사유로 돌아옵니다. 계절이 바뀌어 또 소쩍새가 울고, 그럼 내가 아픕니다. 그대는 무엇이었다가 무엇이었다가 또 무엇이 된 존재이지만 시인은 아픔으로써 자신의 실존을 확인할 수 있는, 시간의 하수인인 '몸'을 갖고 있지요. 시의 끝 연은 이렇습니다.

문 안도 문 밖도 없는 사유의 존체여
나는 지금 네 몸에 주렁주렁 달린 상념의 나뭇잎들을 보고
있다

사유의 존체(尊體)는 시간에 구애받지 않는 자유의 존체입니다. 마지막 행이 아주 의미심장합니다. 시인은 사유반가상을 보면서 "네 몸에 주렁주렁 달린 상념의 나뭇잎들을 보고 있다"고 했습니다. 시간을 초월하여 영원의 세계에서 노니는 반가사유상에 비해 나란, 내 몸이란 바람 앞의 낙엽이나 등불에 지나지 않으니까요. 시간에 대한 사유는 그 다음 시에서도 계속됩니다.

나무늘보처럼/
세상 모든 느림을 불러 아주 천천히/
늘보처럼 나무에서 졸린 눈 뜨고/ 늘보처럼 나뭇잎이나 질
경이고/
내가 밥숟갈을 떠 넣으며 그에게 두 번 눈흘기고도/ 모기를
철썩 때려잡는 사이/

화면 속 나무늘보는/ 아직도 이쪽으로 고개가 돌아오는 중
이다/
무심한 저 얼굴 한 송이 좀 봐/꽃송이 같지/
늘보처럼 돌아보다/ 길도 잃고 시간표도 잊고/
이제사 순금 꽃대를 뽑아 올리는/
내 금화난도 좀 봐봐/

—「늘보의 특강」 가운데 연

텔레비전 화면으로 본 나무늘보는 천하에 둘도 없는 느림보지요. 고개 한 번 돌리는 데도 한참 시간이 걸리는, 세상 모든 느림을 불러모은 나무늘보와 견줄 수 있는 것은 "이제사" 순금 꽃대를 뽑아 올리는 금화난입니다. 금화난은 길도 잃고 시간표도 잊고 있다가 문득 꽃을 피워냅니다. 하지만 "내 시간의 회전판은 어지럽고/간단없는 생의 행군은 코뿔소처럼 달리며 꿈꾸었"을 것입니다. 느림의 철학을 외면한 채 문명의 가속도에 치어 살아가는 우리에게 나무늘보는 특강을 합니다. 더구나, 촌각을 다투며 정신없이 살아가는 우리네 도시인은 나무늘보의 특강을 귀를 쫑긋 세우고 들어야 합니다.

늘보처럼 엉금엉금 사랑하다
가장 늦게 우리 돌아선다면 생강꽃 같을 이별, 참 곱겠다
나무늘보처럼 그렇게

—「늘보의 특강」 끝 연

저도 늘보처럼 엉금엉금 사랑하다 가장 늦게 돌아설 줄 알면 좋겠습니다. 그렇게만 된다면 시인의 말마따나 생강 꽃 같을 이별도 참 곱겠지요. 시간을 내 것으로 만들 줄 알고, 시간에 구애받지 않고, 시간과 무관하게 살아가면 좋으련만 몸을 지니고 사는 우리는 모두 시간의 하수인입니다.

> 1
> 창고가 비었습니다.
> 먼지 풀풀 나게
> 여자의 창고는 늘 비어 있습니다.
> 토막시간 사 모으기
> 택시를 타고 아르바이트를 시키고 퀵서비스를 받으니
> 잔고는 바닥
> 이렇게 얇은 주머니 탁탁 털어
> 상추잎새 닮은 시간 한 상자
> 샀습니다.
>
> ―「주머니 속의 현악 4중주」 앞 연

시간 한 상자 사기가 쉽지 않습니다. 시인은 어느 봄날 오후에 주방 탁자에 엎드려 세계적인 예술영화 감독 타르코프스키의 책 『타르코프스키의 일기』와 『봉인된 시간』을 읽습니다. "당신이 그만 멈추고 싶을 때 멈추십시오"란 말은 타르코프스키가 한 것일까요? 저는 이 시를 시간의 노예가 되지 말고 오히려 시간을 부리며 살자는 말로 이해했습니다. 우리 일상사의 주머니 속에서는 차이코프스키의 현악 4중주 안단테 칸타빌레가 울려 퍼져야 할 텐데……. "토막시간"과 "시간 한 상자", "희뜩이는 시간의 잎새"와 "봉인된 시간"은 모두 물리적인 시간을 초월해 있습니다. 이모두 시간에 속박되지 않으려는 시인의 집념이 이룬 시어들일 것입니다.

> 열사의 태양은 늘 경고장 같은 시간을 내걸고
> 지상의 목숨들이 쿵쿵 검색당하는
> 사방 널린 시간 아래, 쫓기는 사람들
> 우리는 무엇으로 과녁에 이르는가?
>
> —「너무 오래 사막에서 꿈꾸다」 부분

열사의 태양은 강력하고 집요합니다. 경고장 같은 시간을 내건다니, 무시무시하군요. 지상의 목숨들이 쿵쿵 검색당한다는 것은 미약하고 유한하다는 뜻이 아닐까요. 햇살처럼 사방에 널린 시간 아래 쫓기다 우리 인간은 화살처럼 과녁에 가 꽂힐 것입니다. 시간은 쏜살 같은 것이니까요. 우리 목숨은 유한하지만 시(詩)야말로 시간을 늘어뜨리고, 압축시키고, 뛰어넘고, 무로 돌릴 수 있는 능력을 발휘할 수 있지 않겠습니까. 이백과 두보는 천년의 세월을 뛰어넘은 시인이고 괴테와 실러는 2백 년의 세월을 뛰어넘은 시인입니다. "생의 전장에서 날마다/피 쏟던 오브제의 나날들"은 시 쓰기의 괴로움을 나타낸 대목인 듯합니다. 사유반가상은 모양을 지니고 있는 예술품이기에 천년의 세월을 지탱해올 수 있었지만 시는 종이에 활자로 적혀 동시대

인과 후세인의 마음 속에 남는 것입니다. 그러니 시로써 살
아남기가 참으로 어려운 것이지요.

> 그래 아무도 못 말릴 생이었어 생의 전장에서 날마다
>
> 피 쏟던 오브제의 나날들
>
> 타이틀이 뭐였더라 상대역은 하나였던가 둘이었던가
>
> 이승의 경계 어디쯤에 한 발을 걸쳐둔 채
>
> 하나를 위한 네 사람의 광대
>
> 우울한 그들의 밑그림을 떠올리다 그만둔다
>
> —「그곳에 커튼콜은 없다」부분

단 1회인 생을 살고 있는 우리 인간입니다. 진정한 예술
혼은 고독한 것이기에 우리 시인은 연극배우가 받는 커튼
콜조차도 받을 수 없습니다. "하나를 위한 네 사람의 광대"
는 무슨 뜻일까요? 묵시록의 네 기사 같은? 잘은 모르겠지
만 "우울한 그들의 밑그림을 떠올리다 그만둔다"는 대목은
시간의 힘, 혹은 생로병사를 거역할 수 없는 우리 인간의
한계를 상기시킵니다. 지금 이 시간에도 이 도시에서는 누
군가가 지워지고, 또 한 삶이 암전되고 있을 것입니다.

죽음에 대한 명상도 이번 시집의 중요한 갈래입니다.
"어머니는 죽어서도 나를 키우신다 꿈 속까지 쫓아다니시
며 채찍 치신다"란 시행으로 보아「밭고랑에 쪼그리고 앉
아」는 어머니의 죽음을 다룬 시입니다. 시간은 존재를 변
질시킵니다. 밥이 똥이 되듯이 몸이 흙이 되지요. "밥의 시

간차가 초래하는 변이"가 이 시의 핵심어입니다. 아버지의 죽음은 제4부에서 여러 편에 걸쳐 다뤄지고 있습니다. 몇 해 전에 낸 졸저 『백 년 후에 읽고 싶은 백 편의 시』에서 김 추인 시인의 「아버지 맛있습니다」를 제 나름대로 꼼꼼하게 검토했던 기억이 납니다. 시인의 죽음관은 「소멸의 아름다 움을 읽으며」에 잘 나타나 있습니다. 소멸을 읽으며 지식 을 쌓고, 밥을 퍼 넣고, 유적지를 찾는다고요?

소멸을 읽으며 유적지를 찾고
누구얏, 혐의를 쌓고 욕설을 쌓으며
갈비뼈 갈피갈피 꿈싸래길 심는다
내가 쌓는 구름떼, 욕망의 무리며 똥무더기
층층이 쟁이며 달력에 빗금치는 날들에도
모든 하루는 낯설다 허기진다

시상이 좌충우돌하고 있어 명쾌하게 정리는 안 되지만 지식이며 욕망, 진선미와 의식주, 유적과 시간 등 모든 것 이 소멸을 예비하고 있는 것임을 알 수 있습니다. 또 한편 으로 시인은 우리가 허무의식에 사로잡혀 무위의 나날을 살면 안 된다고 금강경의 구절을 빌려 강조합니다. 죽음이 우리 유한자의 공통된 운명이라고 하여 낙담하고 만다면 예술은 탄생하지 않습니다. 컴퓨터 사용을 인생에 빗댄 「마지막 엔터」를 봅시다.

생애의 고운 파일들 날마다 휴지통으로

날아가고 있다

뉘 정밀한 손이 나를 수거하여
끝내는 소각장 앞에서
휴지통 속의 모든 파일을 지울까요?
묻지도 않고 엔터를 쳐버릴 것이다

—「마지막 엔터」 후반부

　생애의 고운 파일들이 날마다 휴지통으로 날아가듯이 우리의 나날도 휴지통으로 날아갑니다. 우리가 사용한 일용잡화가 소각장에서 태워져 대기로 날아가듯이 우리도 언젠가는 화장장에서 태워져 대기로 날아갈 것입니다. 생각해보면 모든 것이 참 허무하지요. 이 허무로부터 탈피하려는 몸짓이 바로 시 쓰기입니다. 보이지 않는 손이 나를 수거하여 저승으로 데려가는 날, 휴지통 속의 모든 파일이 지워지듯이 일거에 지워질지라도 지워지는 그날까지는 시를 써야 하는 운명이 시인에게는 덧씌워져 있습니다. 누가 김추인 시인한테 물어보지도 않고 (생의) 엔터를 쳐버릴 테지만, '마지막 엔터'가 이뤄진다고 해서 지레 낙담하고 있을 수만은 없습니다. 그래서 시인은 거리로 나섭니다. 저축한 돈으로 비행기 티켓도 끊습니다.

　시도 그렇지만 미술작품도 시공을 초월할 수 있습니다. 시인은 종종 전람회에 가보곤 하는 모양인데, 그때마다 한 편의 시를 건질 수 있나 봅니다. 과천 현대미술관에 가서 「singing man」을, 화가 염성순과 지석철, 조각가 김용철,

조각가 성동훈, 설치미술가 안규철의 전람회에 가서도 시를 얻습니다. 그림이며 조각품은 반영구적으로 남을 미술작품이지만 전시되는 것은 며칠 되지 않습니다. 가서 보고 그 인상기를 시로 써둡니다. 고흐가 즐겨 그렸던 보리밭 터에 가서도 시상을 떠올리고(「크로 혹은 백생 대평원」), 니스의 자갈해변도 거닐어 봅니다(「장자의 미로를 다녀오다」). 몇십 백 리나 굽이굽이 황무지가 내다보이는 에밀리 브론테의 옛집도 직접 방문했던 것이 아닐까요(「생가」). 전람회 참관기를 잠깐 볼까요.

내 거쳐 온 문의 갯수를 나는 알지 못한다
삶의 문 앞이란 매양 수선스럽기도 해서
날마다 들었다 나오는
나와서도 또 나와야 하는 문들의 사방 연속
　　　　　　　　　　　　—「틈새에서 구겨지다」 부분

본능적인 것
하나 남은 정강이뼈로 중섭의 황소처럼 내닫는다
갈기도 초리도 흔적뿐인 채 그는 이제 눈을 감고 달린다
바람때문이아니다눈물때문이아니다더더욱자랑때문이아니
다
그는 그를 달리고 싶을 뿐
　　　　　　　　　　　　—「오래된 미래 쪽으로」 부분

　안규철의 설치전을 보고 와서 쓴 「틈새에서 구겨지다」나

성동훈의 청동 작품 「본능적인 것」을 보고 와서 쓴 「오래된 미래 쪽으로」는 그런 미술가의 작품을 본 적 없는 저로서는 이해하기가 쉽지 않습니다. 시인이 미술가를 만나 치열한 영혼의 불꽃놀이를 하고 있기는 한데 독자인 저에게는 별다른 감흥을 불러일으키지 않으니 답답합니다. 해외여행의 산물인 듯한 몇 편의 시도 마찬가지입니다. 「장자의 미로를 다녀오다」는 제게 『莊子』보다 훨씬 어렵게 다가옵니다.

> 어디 없이 울음보 터질 일뿐인 세상의 미로는
>
> 출구도 입구도 없고
>
> 입곱 겹씩 일곱 회를 더 두른 지상의 사십구 계단
>
> 그 끝방에 나와 나의 미노타우로스가 날마다 수직상승을 꿈
> 꾸다 잠드는 세상의 골목이 있다
>
>   —「장자의 미로를 다녀오다」 부분

글쎄요, 저의 독법에 문제가 있는지도 모르겠습니다, 앞 3연과 뒤 2연을 이어서 몇 번을 읽어 보아도, 설화와 신화를 대입하여도, 『장자』의 호접몽 이야기를 연결시켜도 뜻이 분명히 짚여지지 않습니다. 참으로 답답합니다. 저는 지금 김추인 시의 몇 편을 제대로 납득하지 못한 상태에서 해설을 쓰고 있기 때문에 곤혹스러움을 감내하고 있습니다. 시인에게는 추상화에 대한 욕망이 있는지, 일상사나 실제의 삶 대신 관념과 추상의 늪 속으로 시시로 빠져들곤 합니다. 시가 하나의 구체적인 상(相)을 맺지 않고 모호한, 혹은

잡다한 상징에 기댈 때, 그 시는 그만 고립을 자초하게 됩니다. 시인은 시를 쓸 때 '초점'을 의식해야 할 것이며, 구체적인 '상'을 보여 주어야 할 것입니다. 또한 시가 일기가 아닌 이상 독자와의 공감대 형성에 신경을 써야 하지 않을까요? 쓸데없이 시를 길게 써 결과적으로 사족을 많이 붙이는 습관도 고쳤으면 좋겠습니다. 그런 점에서 저는 「길」 같은 시가 김추인 시의 본령을 보여주는 좋은 시가 아닌가 합니다.

문을 나서면 문득
지도보다 먼저
길이 내 곁으로 다가서며
너 어디 갈래? 묻는다
못 들은 척 호주머니나 뒤적뒤적 딴청이면
그래 그래 그래
길이 그냥 길을 내준다

—「길」 초반부

인생은 흔히 인생길이니 인생여정이니 인생행로니 하면서 길에 비유됩니다. 길의 의인화가 썩 새로운 기법은 아니지만 지도보다 먼저 길이 내 곁으로 다가서며 "너 어디 갈래?" 하고 묻는다는 표현은 상큼한 느낌을 줍니다. "그래 그래 그래"라는 길의 동의 표시도 흥미롭고, "길이 그냥 길을 내준다"는 표현도 신선하게 와 닿습니다.

슬픈 날은 슬픔 쪽으로

쓸쓸한 날은 길도 안 난 산기슭

아직 읽어내지 못한 내 이승의 끄트머릴

힐끗 보여주기도 하면서

억새바람 뒤로 희끄무레 돌아도 가면서

그래 그래 그래

끄덕이며 길을 내준다

— 「길」 중반부

시는 중반부에 접어들면서 제가 앞에서 언급했던 시간과 죽음에 대한 명상을 다시금 펼쳐 보여줍니다. 살아가는 동안 우리는 얼마나 많은 길을 걷습니까. 때로는 지름길로 때로는 에움길로 가지요. 때로는 우회하고 때로는 되돌아갑니다. 하지만 명명백백한 사실은 우리 모두 죽음으로 난 길을 가야 한다는 것입니다. 동시대인은 따지고 보면 저승길 친구입니다. 앞서거니 뒤서거니 우리는 모두 죽음의 세계로 나 있는 길을 함께 걷고 있습니다. 지금 이 지구상에서 숨쉬고 육십 몇억 인간이 죽는다는 점에서는 운명공동체이지요. 폭탄테러를 하든 집단자살을 하든.

수신된 메시지 하나 없이

억수 쏟아지고 사무치는 날

문 밖에 서면

너 어디 갈래? 묻지도 않고

젖은 골목길이 추적추적 따라온다

구주정한 그의 어깨도 흐림이다

— 「길」 종반부

　　저는 시의 종반부를 '험한 인생길'로 이해했습니다. 순탄한 인생길이 어디 있겠습니까. 진시황의 생애도 간난고초의 연속이었고, 고흐는 더 말할 것도 없지요. 한세상 슬픈 날은 슬픈 대로, 쓸쓸한 날은 쓸쓸한 대로 살다보니 길이 어느덧 시인에게 길이 들었습니다. "너 어디 갈래?" 묻지도 않고 젖은 골목길이 추적추적 따라오고, 그 길의 어깨가 구부정하더라는 결구가 참 인상적입니다. 이런 시를 읽으니 인생의 깊이를 아는 시인의 혜안이 느껴집니다. 제 생각에, 이번 시집의 큰 주제는 뭐니뭐니 해도 '시간과 죽음의 경계 뛰어넘기'입니다. 시인의 생명에 대한 애착과 예술에 대한 사랑도 저는 '시간과 죽음의 경계를 뛰어넘기 위해서'라고 생각합니다. 이 주제가 가장 잘 형상화되어 있는 시가 「나는 빨레예요 4」와 「나는 빨레예요 7」입니다. 타인의 죽음이 아니라 나 자신의 죽음에 대한 명상을 전개한 2편의 시는 죽음 연습이라고 할 수 있지 않을까요.

일평생 삼켰던 수분이며 자양

얼걸었던 인연들 손 놓아 보내고

가벼워져서

나부끼듯 나부끼듯 떠나도 좋겠네

평생을 걸겠다 끙끙대던

갈망의 무게조차

뉘 새파란 가슴에 양도하고

이제 거슬러 받을 것도 줄 것도 없는

나는 검불, 마른 지푸락

—「나는 빨래예요 4」 2, 3연

바람이 되어 펄럭이는 저

구름장 되어 날아도 좋을 저

단순한 빨래 한 장의 눈부심

무거워라 내 속에 가득 찬

냄새의 살 욕망하는 살

치렁한 내 살들의 곤한 행군이여

—「나는 빨래예요 7」 부분

죽으면 육탈하게 되어 있는 우리 몸 아닙니까. 나의 생이란, 또 몸이란 빨랫줄에 널린 빨래 하나에 지나지 않습니다. 일평생 삼켰던 수분이며 섭취했던 자양을 땅에다 다 돌려 주어야 합니다. 좋은 인연들, 궂은 인연들 또한 손놓아 보내야 하지요. '대단한 명성', '금은의 축복'이 다 일장춘몽 같은 것입니다. "평생을 걸겠다 끙끙대던/갈망의 무게"란 시적 성취에 대한 세상의 인정이 아닌지 모르겠습니다. 하지만 그것조차도 새파란 후배에게 양도하고 나니 이제는 거슬러 받을 것도, 줄 것도 없습니다. 욕망에서 벗어나 해탈의 경지에 드니 스스로를 마른 검불이나 지푸라기로 인식하게 됩니다. 아, 이렇게 시간의 속박으로부터, 죽음의 두려움으로부터 벗어날 수가 있군요. 뒤의 것은 자기 반성의 시편이 아닐까요. 내 속에 가득 찬 '냄새의 살'과 '욕망하는 살', 그리고 "치렁한 내 살들의 곤한 행군"과 대조가 되는 것이 "무게를 텅 비운 저 빨래"입니다. "빨래가 제 이름을 가질 때는 제 속을 환히 비운 때였네"라는 시의 마지막 행이 저의 가슴을 때립니다. 시인이 제 이름을 가질 때는 허명에 대한 욕망으로부터 벗어날 때인즉, 김추인은 참선하듯 한 편 한 편의 시를 써온 것이 아닌지 모르겠습니다. 마음 비우기가 말처럼 쉽지는 않을 것입니다. 하지만 그것을 시도하는 과정 자체가 저는 아름답다고 생각합니다. 시인이 불자인지 아닌지 모르겠습니다만 시세계는 불교적입니다. 누군가 시인의 불교적 세계관에 대해 연구를 해보면 하나의 결실을 볼 수 있을 것입니다.

독자 여러분! 제가 서두에 말씀드렸었지요. 제가 본 대로, 느낀 대로만 쓰겠다고요. 저의 의견이 독자 제위와 다를 수도 분명히 있습니다. 더구나 10편 정도밖에 다루지 않았는데 해설의 자리가 다 차버렸습니다. 여타 시에 대한 이해는 여러분의 안목으로 해보십시오. 아직도 다루고 싶은 시가 많은데 글쓰기를 멈추어야 하니 아쉽기만 합니다. 다시 한번 여러분과의 만남을 소중하게 여긴다는 말을 전합니다. 이 시간에 시집을 읽고 계시는 여러분 모두에게 많은 축복이 있기를!